当代中国文学书库

心语

毛兴国 ◎ 著

中国文联出版社

图书在版编目（CIP）数据

心语 / 毛兴国著 . -- 北京：中国文联出版社，2023.6

ISBN 978 - 7 - 5190 - 5151 - 8

Ⅰ.①心… Ⅱ.①毛… Ⅲ.①散文集—中国—当代 Ⅳ.①I267

中国国家版本馆 CIP 数据核字（2023）第 052757 号

著　　者　毛兴国
责任编辑　周　欣
责任校对　李海慧
装帧设计　中联华文

出版发行　中国文联出版社有限公司
地　　址　北京市朝阳区农展馆南里 10 号　　　　　邮编　100125
电　　话　010 - 85923025（发行部）　　　　　85923091（总编室）
经　　销　全国新华书店等
印　　刷　三河市华东印刷有限公司

开　　本　710 毫米×1000 毫米　　1/16
印　　张　9
字　　数　117 千字
版　　次　2023 年 6 月第 1 版第 1 次印刷
定　　价　68.00 元

······ 目录

序一　杨森林

撒向人间都是情

毛兴国要出书了，他请我写个序，说得很真诚："您是我写作的引路人和见证者，我的每一篇文章都是在您的鼓励、修改下完成的。"

引路人不敢当，见证者倒是名副其实——从他的第一篇像模像样的文章，到最具影响力的"父亲系列""三夏系列"，他写文章就像三级跳远运动员一样，一步比一步跳得远，而且每步都有跨越，现在能够结集出版，的确是件令人欣慰的喜事。我作为见证者，为他的书籍写点文字，责无旁贷。

毛兴国文章的第一个特点是内容丰富——

《追忆父亲》是万字文，通过追忆父亲极具传奇的一生，向世人展示了父亲那一辈人历经磨难而又丰富多彩的生活画面。这些画面只有经历过的人才能叙述写出：民国年间，卫宁平原上的父亲和他两兄弟怎么躲避兵役、怎么带着母亲和小弟弟逃荒、怎么创业、怎么立家、怎么入社、怎么当队长、怎么操持家务、怎么培育儿女……丰富多彩的内容是今天年轻人闻所未闻的过去历史。这篇文章不管是在今日头条、微信公共平台通过《杨森林文集》推出，还是在毛兴国自己后来创今日立的头条平台推出，感动过无数人，推荐展现量和点击量高达一百多万次。《我的小学》《当年长滩中学》《我的青春我的梦——回忆我的高中学习生活》和《回乡那年》，这些文章的内容全是毛兴国求学回乡自己的生活经历：这经历丰富而带有一定的残酷性，直面追忆了一位农村学子求学之不易、考学之艰辛。《"五好人生"追梦路》描绘的是毛兴国自己艰难而又极度乐观的追梦之路，有快乐，更有意想不到的辛酸……正是在这种快乐与辛酸中展现出了一位半路出道的乡村英语教师直面的生活和内心的苦苦追求：他被误解过、小瞧过、嘲讽过，甚至受人欺凌，但他总是以自己的人格与魅力一一征服了他们，将自己的大爱与知识、智慧传递，自己因此而自豪过。

毛兴国文章的第二个特点是情感真挚——

毛兴国的人生经历是一般人无法想象的。由于家在农村，他从小什么农活都干过，什么罪也都受过。出身于农村的孩子从他出生的那一刻起，双腿就直立在大地上，他迈出的每一步有干岸坦途，也有泥糊糊陷阱，这就如同农村人到稻田里薅稻子一般：这一步还没有从泥水里拔出来，那一脚又朝黑紫泥里踏下去。尤其在毛兴国刚过而立之年时，他意外遇到了车祸，昏迷多日。醒过来医生断言：如果自己立不起来，一辈子就是植物人。毛兴国凭借自己的毅力，硬是用双手支撑着身子，在农村打谷场上一点一点往前爬行。多少次头磕碰在地面上，多少汗水泪水洒在打谷场上，头上磕出的大包他不去理睬，身下的汗水泪水他不在乎，他硬是咬着牙，靠双肘立起前半个身子，昂首望着天空，望着苍穹，一点一点朝前移动着身躯。自己给自己鼓劲过程中，他的上门牙咬烂了下嘴唇，鲜血流出来，他不在乎；多次摔倒，他也不在乎，直至站立起来，直至能够行走，直至能够骑上自行车，直至能够走向讲台。多次从自行车上摔下来，把自己摔了个鼻青眼肿，尽管如此，他从来没有输给病魔。在教师工作岗位上，他奋发努力苦修炼，勇挑重担，硬是将自己锻炼成为一个能够与健康人一起工作学习的老师，并且在教育教学教研方面做出了突出成绩。这些经历，毛兴国用最真挚的感情一一写出，不仅感动了他自己，而且感动了读者——我第一次看这些文章时非常感动，我原以为他与我们一样是四肢健全的正常人，看完文章我才知道他的不易，与他在银川小聚时，才留意到他至今行走依然不能迈开大步，只能一小步一小步地艰难移动。由于车祸造成的后遗症不能在凳子和沙发上久坐，他的文章大都是他仰卧在床上，用手指在手机上按着拼音输入写成的。在手机上输出的每一个字，极其艰难，他也就自己要求自己：通过这种方式写出的文章，必须是情感的真实表达，否则，自己首先就对不起自己。

毛兴国文章的第三个特点是有一定的章法——

但凡是艺术品都有自己的章法，作为艺术品的创造者必须要懂得其中的"命门"。这个"命门"到底是个什么东西，似乎没有人会教也没有人会轻易传授，大都是靠创造者自己去"悟"——怎么个悟法，没有现成的教材。这或许就是"只可意会不可言传"吧？记得剧作家好友刘文惠在世时与我谈论过这样的话题："张贤亮是写小说的世界级大家，但他并不懂怎么写剧本。"我随和他道："是的，张贤亮自己写出的剧本《我们是世界》只有一个拷贝，我看过那部电影，没有剧情也不会讲故事。"但剧本到底该怎么写，或者到底什么才是"戏"的"命门"？作为从小就深交的密友刘文惠并没有明确告诉我。我随嘴说了件当年发生在身边的真实故事：回乡知青写了个快板剧《请客》，其中最放彩的是"请上书记大队长，保管出纳不敢忘！"公社书记在全社农田建设大会上点名批评剧本作者是"通过文艺作品攻击革命干部"，要作者大会后马上到公社，当面去给书记交检查。当作者怯怯地敲开书记门时，书记满面堆笑："你咋才来？丫头等你补课，要准备高考哪！"作者这才发现，书记的桌子前坐着一位如花似玉的少女，桌子上摆着一盘肉两碗米饭。刘文惠脱口而出："这就是戏，也就是写剧本的'命门'。"细看毛兴国的文章，不管较长的文章，还是较短的文章，均有这样的"命门"，这"命门"，会自觉或不自觉地在文章中自然体现。有了这样的"命门"，作者写起文章来"入道"，读者读起文章来入心。

毛兴国文章的第四个特点是有些文字不够精练——

文字的精练程度取决于作者多年打磨的文字功底。20世纪90年代，王庆同老师为我的第二本书籍《七彩人生》写跋时，指出文字精练的问题。我当时想：收集在书籍中的文章大都是公开发表过的东西，文字怎么不够精练呢？我将文章中的每一段、每一句反反复复删减后，忽然明白什么叫做"大道至简"。但凡是精练的文字和精彩的文章，最基本的一条就是：读起来自然顺溜，没有套话大话多余话和正确的废话，也看不出人为修饰的痕迹。每一句话，每一个字，精简到少一个不行，多一个累赘。尽管毛兴国的文章已经不易，有的也改了多次，但离真正的精练尚有距离。当然，删节文字也不能把最基本的内容如同猴子泼水一般，连同盆子里的孩子一同稀里糊涂地泼出去。这里的分寸怎么把握，作者只能在写作过程中一边打磨一边琢磨。我将这些写出来，愿与毛兴国等喜欢写作的人一同共勉。

2022 年 6 月 14 日于银川悦海新天地

杨森林，作家，资深媒体人，出版过多部专著，是宁夏许多年轻作家和诗人的引路人和文学导师。

序二 严光星

擦干血泪志圆梦

—— 毛兴国散文集读后感

读了宁夏中宁县退休教师毛兴国的散文集后，我的初步印象是：毛兴国是教师队伍中的张海迪。他的散文集以质朴自然和比较优美的文笔，尽情展示了他个人努力"做好人、讲好课、读好书、写好文、留好名"的圆梦历程，这给广大教师和正行走在成人、成才、成业路上的广大青少年和残疾人上了一堂鲜活、真实、励志奋进的好课！

我们站在人类历史的制高点看，人生如星空浩瀚，似江河宽远。英雄人生、平凡人生、苦味人生、幸福人生、突围人生、笑傲人生、富贵人生、贫困人生、垂直人生和磨难人生的故事丰富多彩，人物命运变化莫测。值得深思的是，我们许多人对人生现象还缺少精准透彻的深层剖析与辩证对待。令人忧虑的是，许多人对人生的感悟还处在"慢车道"状态，如杞乡的枸杞在几千年的发展中，已由几棵"野树"变成了杞红天下的繁荣果园，而许多人的整体素质相对枸杞的成长史却有慢速之感，尤其是当代社会中"高文凭、低素质"的现象依然存在。"啃老族、图享受"的社会风气难以减弱，怎样加快形成更美的人生风景线，便成了我们立足当代，走向未来的重大课题。在这种历史大背景中，我们考究毛兴国的散文集，就包含"一叶知秋"与"一花悟园"的哲学智慧和宏观思维。

毛兴国 1959 年 11 月出生在杞乡农家，从小与田野结缘。他从吴忠师范毕业后当了教师，本想在平凡人生中走进夕阳红，可 30 年前的一场车祸，使他变成某些短视人眼中的"毛瘸子""毛傻子"与"毛废人"。教师变成了看门人，之后他又成了"跪爬着练走步""第二次学骑自行车"的"老弱童"。在一系列的打击与嘲笑中，他便发愤读书与练习写作，经过 30 年的生活沉淀与近 4 年的艰辛"爬格"，在出版社同志和朋友的关心帮助下，终于出版了这部纪实性的人生专著，引起人们对"五好人生路"的思考与感悟。

开篇之作《追忆父亲》，展示父亲那一辈人经历的苦难和创业立家的人生画卷，意在开启了他个人的人生之路和留下他擦干血泪志圆梦的历史伏笔。而对上学、回乡、当教师的回顾，又为他后来冲过苦味人生这一难关做了铺垫。而遭车祸的人生骤变，成为他最闪光的人生亮点。他 1992 年 4 月出车祸后，颅脑受伤，导致肢体功能、语言功能发生障碍，他出现站立不稳、头疼头晕、四肢乏力、大小便失禁等严重症状，在医院里抢救了一个多月才有了意识和模糊记忆，出院后，命运一落千丈。他有一段文字写得十分真实质朴："在药物治疗的同时，医生嘱咐我要加强功能锻炼。我起初在自家的院子里锻炼，生产队的打麦场就在我家附近，场地大而且平整。妻子每天把我扶到麦场上，我在麦场上进行各种功能锻炼：先是在麦场上打滚，爬着走，跪着走，拄着拐杖站立行走。每天在打麦场上锻炼，我不仅可以扔掉拐杖摇摇晃晃、一瘸一拐地走路了，而且开始试骑自行车。我先是推着自行车走，几天后，把车座放低跨上自行车，妻子在后扶着防止摔倒，第二次学骑自行车，能骑自行车了！我的心情大有好转。我每天在麦场上练习走路，骑自行车锻炼，在家听录音机，跟着广播大声读，先读短句，后读长句，加快语速，反复重复一句话，再读短文，读一会儿汉语再改读英语，背诵单词，以这样的锻炼来恢复语言功能、记忆功能。由于手指不灵活，我做捡豆子康复锻炼。通过一系列功能康复锻炼，我的肢体的功能有了很大改善。"

更为难受的是他的妻子，她以泪洗面还要扛着铁锹去淌水种枸杞，遭别人冷眼，年幼的女儿出去玩耍，遭人嫌弃，哭着跑回家。面对这种悲惨现状，他哭过、恨过，但最终还能擦干血泪直面人生，步入了"做好人、讲好课、读好书、做好文、留好名"的人生修炼之路。

他要过的第一关是做好人。如何将"毛废人"再变成"毛好人"，需要在生理与心理上进行调理。他给自己开了一副"七味药方"：一、静下心来回忆父母的苦难日子与良好家教，让自己在迷茫与悲伤的心田里长出一棵向日葵；二、睁大双眼看着年迈多病的母亲、妻子和两个年幼的女儿的泪脸和期望的目光，挺起自己担山挑水的好汉肩膀；三、躺在床上在脑海中演示亲朋、父老乡亲和一队一队远道而来的学生看望自己的情景与抢救自己生命的景象，直起感恩图报的腰杆；四、站在夜晚，冷静思考他人的嘲笑与打压，迈开双腿、穿破黎明去迎接朝阳；五、早起晚睡多读几遍励志警示语，从成功者的身上找到能照亮自己的"一面人镜"；六、马上行动，放掉"废气"变"朝气"，选准突破口，立即进入攻坚战；七、持之以恒，以滴水穿石的硬功夫步入新境界，顽强而又智慧地展示自己的创新形象。正是这"七味药方"的功效，使毛兴国有了三个动人的细节：第一，从爬跪练走步到第二次学自行车获得成功；第二，从一小时写不出100个字练到后来能写七八百个字；第三，从出院半年后只能读文章练到了读写文章常态化。这就启示我们：要将废人变成好人，就要像家乡的一棵根不死、身不歪、枝不乱、花不暗、果不轻易落的枸杞树，我们不断地修复与完善，最终绘制出"苍天给我一块地，万绿丛中一串红"的美丽景致。

他要过的第二关是讲好课。他在几篇散文里记述过，他年少爱师，青年为师，一生敬师。他是乡村中学的一位英语老师，从教40年，除了上好学校安排的正常课以外，他起早贪黑，甚至牺牲周末休息，不计报酬地给毕业班学生上辅导课，出车祸后不能站着讲，他就坐在凳子上课。他在文中记述："我落难后，恩和中学少了一位英语教师，一个年级的英语课无人上，他们临时请了一位刚毕业的高中生代课，学校领导着急，家长、学生期盼我早日康复，回到学校。'天留我才必有用！'我引以为荣，有了精气神。我不顾自己身体残疾，没有请求校领导的照顾，也不希望他人把自己当作残疾人对待。1993—1994 学年开学，我又满工作量接任了初三毕业班的英语教学工作和英语教研组组长，还做班主任工作。我校新任校长毛兴嘉（本家族兄弟）和新任教导主任田兆铭（挚友）上任不久来我家看我，谈到要加强学校教育教学管理，用制度转变校风，向管理要质量——'振兴恩中'的话题，我以多年的职业操守和对两位新任领导兄弟朋友工作的支持，明确表态：'服从领导，遵规守纪''奖罚分明，一视同仁'。1994 年中考，我校张志业老师担任的政治学科成绩高居全县第一名，我所任的英语学科成绩进入全县前八名，排在政治学科之后，这成绩是我所在的恩和中学第二的较好成绩。在做班主任工作方面，我所带的班在我校同年级乃至全校都不差。在本校多次举行的各种文艺、体育等教育活动中，无论集体还是个人项目，我们班每次都拿奖。之后学校多次组织教师听我这位'板凳教师'的公开课，我用自己的努力证明了自己'不进则退'和'天留我才必有用'的名言，以较好的教育教学成绩赢得了学校领导、老师及学生和家长的肯定和称赞。"

毛兴国不只是过了"讲好课"这一关，他不满足于做个"教书匠"，他的目标是要做一位学者型的农村中学教师。他在"天留我才必有用，严谨治学苦修炼"一节中坦言：我不但在工作中勇挑重担，担任毕业班的英语教学工作，做好班主任工作，而且勤学苦练，钻研业务，2005 年在全县教师中较早地通过了全国专业技术人员计算机应用能力考试，即 Word 97、Windows 98、PowerPoint 97 和计算机网络应用基础。根据教育的发展确定他自己的教研题目，在教育教学中反复实践总结，完善提高。他严谨治学结硕果：论文《遵循规律，寓德于教》在 1996 年全县文科论文评比中被评为中学英语二等奖。在 1998 年中宁县素质教育论文评选中，他的《随风潜入夜，润物细无声——浅谈在英语教学中进行德育教育》被评为一等奖。《适当集中打埋伏，反复循环滚雪球——谈谈学习张思中教学法的体会》和《用喜闻乐见的歌诀进行学法指导》两篇论文，经评审它们有一定实用与推广价值，入选了国家级出版社公开出版发行的《当代教育教学论文集锦》一书中。《班集体目标建设分层次管理再探》2002 年被评为吴忠市教科研成果一等奖，该成果在宁夏第七届基础教育优秀科研成果评奖中被评为二等奖。他撰写的《在英语教学中培养学生创新能力》和《初中学困生的形成原因及其教育对策探讨》两篇论文，分别在 2002 年和 2003 年吴忠市中小学教师优秀论文评奖活动中被评为二等奖。2003 年另外两篇论文《在新课程中教师怎样导》和《让整堂英语课都动起来》，分别在《宁夏教育》和《宁夏教育科研》杂志上发表。在 20 世纪 90 年代中后期和 21 世纪初，较偏远的农村中小学教育信息还很闭塞。但从毛兴国一连串获奖和发表的论文题目就可以看出，他作为一名教师的人生追求与梦想。

回顾这一段岁月，毛兴国认为，正是严谨治学苦修炼讲好课的这些生活磨炼，给了他心灵上的安慰和能量上的释放，使他有了后来的这部散文集。他认为，讲好课是一种道德职业，更是一种良心的输出，其本质就在于付出与奉献，其过程就在于学习与修炼。放大看，大千世界中，每一个人既是听课者，又是讲课者，只是讲台与场合不同而已。讲好课一定要记住这样一个哲理：人生如桥，渡过路人也完善了自己。

他过的第三关是读书关。车祸前，他喜爱读书，尤爱读成功人生的文章。车祸后，头脑受损，读书吃力，在讲课与别人的交流中，其智商与情商几乎降到了"低八度"。对此，他不言败。他除了业余时间读书外，还参加培训班、大讲堂之类的社会活动，仔细寻找读好书的方向与方法。历经近 5 年的摸索，他终于找到了读好书的"三宝之法"："读书定位法"——根据自己的需求与社会的发展信息，确立自己读书的目标、内容与重点；"读用结合法"——边读书边用书，读用结合，注重实效，便有加法甚至乘法的效果；"进出和谐法"——让书走进自己的心灵，让自己的心灵再去感悟和丰富书的信息，让读好书上升到"好读书"的另一个层面。正是这"三宝之法"，使他灰冷的心温上升。他读哲学，领悟天地之道的运行规律和辩证现象；他读医学，首先救治与调理自己，同时也帮助别人弄懂医学知识；他读心理学，增强自己的观察能力、梳理能力与释放能力；他读文学，加快提升自己的文学素养与创作能力。正是读好书让他大彻大悟：天地间有许多引人入胜、美不可言的聚餐，而读好书则是人生中永不退休的精神聚餐。读好书中，不仅有"金榜题名时""洞房花烛夜"等喜事，还蕴含着妙不可言的"救心丸""治心宝"。

他要过的第四关是写好文。在几篇散文中，他记述了自己写好文的经历。未出车祸前，他只想当个好教师足矣，正是"车祸悲剧"，点燃和激发了他的作家梦。起初，他不敢言称著书立说，正是遭受欺凌和嘲笑的恶作剧，反弹起他沉压已久的顽强个性，开始试着练写作。出书前，他发表了多篇文章，有散文、小说、诗歌和调研报告等，获过省市级奖。对中外名家散文，他格外喜爱，对鲁迅的《夜颂》、郭沫若的《杜鹃》、茅盾的《白杨树》、朱自清的《背影》等散文名篇，能熟练默写。他对散文虽缺少更深刻的系统研究，但他理解，一本有故土特色的优秀散文集，宛如杞乡的一幅风景画，它有长河东流的气势，有群山连绵的格局，有五谷丰登的布景，有枸杞红枣的特色，有沙枣花、桃花、梨花的巧妙点缀，有黄河古渡、鸣沙过雁、丝路驿站、现代村庄的自然衔接。也就是说，要有一种大格局、大手笔、大创意，才能真正写好一部质量上乘的散文集。毛兴国的聪明与悟性就在于自知之明，量力而行。他身体残疾，家庭困难，条件有限，不能做出高质量的"文化大宴"，也不能像"抬上就滚，端掉就冷"的钢筋锅做出的"文化快餐"，他非常明智地选择了家乡绝活：老砂锅炖肉。将自己最熟悉、最感人、最刻骨铭心的生活阅历，变成一个老砂锅，将自己漫长而又平凡的人生片段压缩成"小火"，将自己的生活素材切割成一锅鲜肉，小火烧、细火炖，以慢工和硬工而见长，终于炖出了"一锅香肉"，也许这"炖肉"上不了大雅之堂，但能成为"百姓特餐"。

他过的第五道关是留好名。他在鸣沙中学读过书，听说过鸣沙过雁的典故。父亲曾对他讲："雁过留声、人过留名。人活着最主要的是要留个好名声。"后来，他又从《影响一生的名人故事》中明白，在人类历史的舞台上，能长久留下好名的并不是帝王将相与富豪巨商，而是演绎着一幕幕人生传奇的哲学宗师、军事政治家、科学发明家、文学巨匠、艺术名家、爱国英雄、时代名人等。老子与孔子、孟子等哲学宗师，因哲学思想而留下圣名；孙武、诸葛亮、曾国藩等兵法大家因军事才能而留下大名；蔡伦、祖冲之、李时珍等科学发明家因学问卓越而留下贤名；屈原、李白、杜甫等文学巨匠因文学天才而留下盛名；王羲之、齐白石、梅兰芳等艺术名家因艺术杰出而留下美名；岳飞、戚继光、郑成功等爱国英雄因精忠报国而留下威名；詹天佑、谭嗣同、雷锋等时代名人因影响巨大而留下英名。毛兴国虽是一介凡人，但他要抹掉某些人给他戴的"废人"之名，在人间留下一个平常人所具有的善名。因此，在他的散文集里，都流动着交善人、做善事、修善心的气息神韵。面对疾病的命运低谷，面对某些人的欺凌，他一开始很愤怒，曾反抗，也无奈流泪。但最终还是让自己冷静下来，效法父亲留给他们姊妹的家训"柔能克刚"——以美化恶，以德报怨，充分表现了一个教师的道德情怀和长者风范。同时，他在几篇文章里都表达了感恩之心。为本书作序的杨森林先生，是宁夏知名作家，资深媒体人，出版过多部专著，是宁夏许多年轻作家和诗人的引路人和文学导师，也是毛兴国的人生偶像和仰慕的学长。毛兴国专写了一篇文章，回顾了他与杨森林的深情厚谊。毛兴国对于留好名有一个很精妙的说辞，他认为，一个人活在世上，需要给后人留下更多的物质财富和精神财富，但对于一个平凡的人民教师和残疾人而言，留下精神财富比留下物质财富更有价值，物质财富犹如泰山，高大而又坚实，但它毕竟缺少流动感，精神财富就像黄河，宽阔而又低沉，但它流程更远，能滋润万物。从这个意义上讲，留好名是留给后人的一大精神财富，并且能释放更多更好的正能量、大能量、新能量、恒能量和雅能量。毛兴国自知自己能量特别有限，但他会以"蚂蚁啃骨头"的精神奋力而为，给人们留下较有价值的精神产品，这部书，仅是他的第一个梦。

毛兴国的这部散文集，还有很大的提升空间，但就他的现状与写作条件而言，已是来之不易，难能可贵。我相信，他的"五好人生路"，将会给更多人带来心灵冲击和人生感悟。如果再有贵人相助，也许会在一定范围内形成一个值得期待和深思的"毛兴国现象"。

2022 年 7 月 29 日于银川海宝小区

严光星，国家一级专业作家，新武侠小说创始人，红枸杞文化奠基人，策划家，被誉为"红航母"作家。

追忆我的父亲

序

清明节，我与大哥大姐老姊妹六人以及孙辈十多人，相约回到老家宁夏中宁，去南山给父母扫墓上坟。

在墓碑前的水泥供桌上，我们摆满了各种供品。儿女孙辈两代人跪在供桌前，怀着崇敬的心情十分笃诚地给父亲和祖宗三代先人上香、焚烧纸钱、破散供品、泼汤、磕头。

"爹啊！妈呀！"大姐的哭声，引出我们的热泪。我拿出准备好的油漆和毛笔，在父亲和母亲久经风吹雨淋已很模糊的碑文上，细心涂写

作者父亲　摄于 1976 年

着。父母前辈生平，走过的艰辛、坎坷、悲惨的人生路，点点滴滴浮现在我的脑海。

我清楚地记得小时候，每到晚饭后，我们姊妹几个围坐在三间大屋炕上摆放的小炕桌边，在桌上一盏支得很高的煤油灯下，听父亲讲家史和他坎坷的经历。有电灯的时候，添了大嫂和侄儿侄女几口人，三代十几口人每晚围

坐在一起听父亲讲故事，讲做人处事的道理，这个习惯延续了很多年。父亲经历的故事情节，惊险曲折，扣人心弦，带有传奇色彩，我们听得入迷。尽管过去了四五十年，但至今我仍有所记忆：逃难路上历经磨难，家破人亡；到老区打工要饭，贵人帮扶，成家立业；回家乡探亲身陷囹圄，恩人报信，贵人骑马持枪劫狱，死里逃生；回家乡报答乡亲，单干创业；入社建公不堪回首；人民公社当队长勤劳吃苦，为民谋利有口皆碑，遗志永昭。

我的家乡中宁县有"塞上江南"之称，黄河从腹地穿过，引黄灌溉，土地肥沃，旱涝保收，是名扬天下的"中国枸杞之乡"。然而在中华人民共和国成立前，军阀马鸿逵统治宁夏，"抓兵""抓权""刮钱"，给人民带来了深重的灾难，百姓民不聊生，过着居无定所、颠沛流离的生活。连年征兵致使宁夏农村失去大量青壮年劳动力，大量耕地无人耕作，田园荒芜，城市凋敝，经济落后，宁夏人民的生活苦不堪言。当年有这样的民谣："房子是招牌，田是累，养下儿子是催命鬼。"马鸿逵在宁夏暴政征兵，让诸如此类的民谣在当时的宁夏流传。"房子是招牌"意思是房子没有用，为什么呢？有两层意思：一是男人们都被抓去当了兵，留下房子没人住；二是一些人为了不当兵，举家逃跑。"田是累"说的是税收，与之相伴的还有这样一句顺口溜："打了粮平分呢，养了儿当兵呢。"老百姓一年到头的田地收入，有一半以上被收走了，当然累，甚至是干了也白干。"养下儿子是催命鬼"这话很好理解，即生下儿子，就得去当兵，不去就得受到上面的各种整治与惩罚，要小命是轻而易举的。男人们走了，女人们活下去不容易。我们家乡中宁县的叶光彩老先生写过一篇短文《公鸡拜堂，斗桩代郎》，说的就是中宁因为暴政征兵而盛行的这样一种"风俗"：许多家长给儿子找到了对象，但儿子被抓当兵了，一去不回，到了婚期，姑娘只好和公鸡拜堂。一只公鸡在当时的社会充当了男人，扮演了新郎，到了晚上，公鸡得回窝，人们就把一口袋（宁夏百姓当时用的口袋细长，高度近于人的身高）豌豆立在屋角，披上衣服，戴上帽子，权代新郎。此后，姑娘辫子被挽成髻，向人们证明自己已经出嫁，她们只能独守空房，苦等被抓当兵的丈夫。为此，民间艺人编成小曲传唱："这么大的窗子这么大的门，这么大的姑娘不嫁人。不是爹妈坏良心，实在找不到年轻人。"这些都是宁夏老百姓对马鸿逵的血泪控诉。

父亲一家娘母四人被逼上了绝路，若不逃，只有死路一条。

求生是人的本能。然而，路在何方？

路在脚下——父辈你挑担我推车，踏平坎坷求生存，追求幸福向未来。

父亲和二爹被马鸿逵抓去当了兵。听说红军长征已经胜利到达陕北，宁夏南边的陕甘宁边区和中宁是两重天——劳苦大众翻身得解放。先辈们怀揣着梦想，凭着超强的胆识和求生的欲望，向着太阳升起的方向逃命，最终到达了革命老区甘肃环县。

大哥几次提起，1970年和1976年，父亲带他骑着自行车，两次沿着父亲当年的逃难路线，去父亲的第二故乡，去他和大姐、二姐的出生地——甘肃环县朱家山蔡家峁，看望并答谢当年逃难落脚，帮扶父辈们渡过难关的乡亲贵人。那几年环县遭遇旱灾，收成不太好，父亲和大哥临走时，乡亲们依依不舍，抓住父亲和大哥的手久久不松开，还把两袋粮食放在自行车上捆牢，反反复复说："当年我们欠你们钱，你们回中宁老家把粮食物品寄存在我们家里，多年不来要，这点心意一定要带上啊！"他们送父亲和大哥几里地，才依依不舍地招手离去。

1970年到1976年，是我家生活最困难的时候。每每说起，大哥感慨不已。

2016年的"五一"长假，在我提议下，大哥带着我们姊妹几个和小辈们，我们开车，沿着当年前辈们走过的大山深沟、恶水穷山、生死存亡的逃难路，一路走走停停，在经过的几个主要关口和遇险落难的地方，我们下车亲眼看看，亲身体验感想先辈们当时的经历：奶奶五十多岁，一双小脚，三爹十二三岁尚且年幼，在父亲和二爹搀扶下翻山越岭，他们背着她越过险滩激流，一家人推着独轮车，用扁担挑着家当行李，一步一步千里逃命，他们经历了怎样的饥寒交迫、艰难险阻。时间已经过去了近八十年，当年三爹遇险落难，埋葬尸骨的坟地已经无法找到，大哥只记得父亲告诉他，过了同心下马关，进入甘肃环县的那个大山沟是三爹当年命丧黄泉的"夺命谷"。我们一行晚辈在此哀思祭奠了三爹：

重走先辈逃难路，体验感想受教育；

清明扫墓祭祖，追思父亲传奇人生。

一

我的老家在宁夏中宁县新堡镇毛营村。1941年秋季某天，爷爷给当地的保长家打院墙时，不慎从院墙上摔下来，跌断了腿，摔伤了腰，卧病在床。1942 年春，爷爷病情加重，撒手人寰。父亲和二爹俩人都被马鸿逵抓去当兵，驻扎在宁夏城（银川），他们闻讯后请假回家奔丧，在自家的田头安葬了爷爷。

为给爷爷治病，奶奶苦苦求情，向保长家借了点钱，但保长仍然按"驴打滚"算高利贷。爷爷去世后，奶奶又向保长家赊了一匹白布，用作戴孝和包裹爷爷遗体。爷爷去世还没有过

作者祖母留影　摄丁 1965 年

"头七"，保长就上门逼债。爷爷一死，家里只剩下十二三岁的三爹和奶奶一对孤儿寡母，往后的日子怎么过啊？爹和二爹在马鸿逵兵营里不仅吃不饱穿不暖，还经常受到残酷的体罚和虐待。他俩请假回家安葬爷爷的时间已经超过了假期，返回军营不死也得脱几层皮。父亲和二爹反复商量，最后决定拼死一搏——当逃兵！马鸿逵当年强行抓兵，对逃兵残忍之至，凡是逃兵被抓到后轻则致残，重则杀头。没有抓到就逃一罚三，即逃跑一兵就要在本族亲

4

戚中抓走三人顶替，因此，凡是被马鸿逵抓走后的人，如果请假回家，必然受到家乡保长严密监视，更何况我父亲他们兄弟二人同时请假逾期不归，当逃兵就要连累本族兄弟，而本族家人也最担心他俩当逃兵，或明或暗监视着他俩的一举一动。

为掩人耳目，爷爷去世后第七天"头七"，正值春耕时节，爹和二爹兄弟俩一人拉犁拉耧，一人扶犁摇耧，犁地下种，佯装春种，这都是为逃出魔掌作掩护。傍晚，全家人跪在爷爷坟前过"头七"，他们给爷爷烧了纸，泼了汤，痛心疾首痛哭了一场。待夜深人静家家户户熄灯以后，四周一片漆黑，奶奶把家里仅有的一床棉被、一条棉毯、几件旧衣服、一口锅、碗筷、水壶、几件必需的生活用品和不多点粮食，用一个木箱装好，把这些用一条扁担和一架独轮手推车全部担上装上，父亲和二爹轮换着挑担推车，扁担上挑着行李家当，独轮车上奶奶和三爹二人轮流乘坐——奶奶是小脚，三爹是小孩。就这样，父亲带领着全家人背井离乡，开始了九死一生的逃亡生涯。

那是一个春寒料峭、风沙漫天的漆黑夜晚，西北风呼呼作响。离开家走了不到五里地，奶奶让大家停下来，叫爹、二爹、三爹兄弟三人朝着安葬爷爷坟的地方连磕了三个头，他们之后加快速度向西北方向上路了。天快亮时，来到了中宁县和沙波头区交界处的泉眼山脚下。他们在一个周围看不见人家的避风向阳处停下歇息，架起了锅灶，点火做饭，向从中宁方向过来的人打探消息，看有没有人跟踪。等到天黑后又掉头向东，他们来到了原长滩碱滩黄河渡口附近，找了一个没人的地方歇息，再架锅做饭，继续察看动静打探消息。等到天黑以后又回头向南，他们从碱滩来到南河子边，爹和二爹一人背奶奶，一人背三爹，从齐腰深的南河子游过去，到了鸣沙二道渠地界。全家人衣服都湿透了，冻得瑟瑟发抖，但不敢多停留，赶紧趁夜色从黑家沟进山。

父亲和二爹两个年轻小伙带着一老一少和行李家当，这样偷偷摸摸匆匆忙忙赶路，外人一看就知道来路。为了安全，进山后他们不敢走大路，还得昼宿夜行，钻进山水沟前行，过了营盘井、石喇叭、红寺堡、新庄集、沈家井和朱庄子等几个十分隐蔽的小村子，停留休整了几天，成功地翻越了罗山，到了红城水。他们在此处面临着生死抉择：向东北而去，一马平川，但无法隐蔽前行，前面不远就到了韦州，马鸿逵在此处派重兵严密盘查把守，封锁了一切可以通行的道路；向正东前行，虽然再无大山，但进入戈壁沙漠滩，无处躲藏，找不到一口水；向南去下马关，可能会遇到沙尘暴袭击，但下马关是红区（陕甘宁共产党管辖地区）和白区（宁夏马鸿逵管辖地区）的交界处，继续向南，不到百里就进入解放区甘肃环县，大有彻底摆脱困境的希望。

然而，马鸿逵在下马关设有重兵驻扎，既防范红军北进，又防止逃兵和老百姓逃往红区，下马关是当年决定父亲一家人性命攸关的重要关卡。为了缩小目标，避免怀疑，便于通过，父亲决定扔掉家当和行李，将四人分成两组，化装后闯关：父亲背着奶奶，二爹把装家当行李的木箱稍加改制，成了装日常小生活用品的货箱，并且买了一些日常生活用品和一个拨浪鼓，这样二爹肩上挑着担，手里摇着拨浪鼓，三爹紧随其后，父亲和二爹、三爹彼此都装作互不认识，先后混在过卡的人流中，闯关成功！

过了下马关，在快要进入甘肃环县境内的一个大山沟里，二爹拉着三爹，借着月光摸索前行，父亲搀扶着奶奶跟在后面。突然乌云翻滚，电闪雷鸣，要下雨了！

父亲和二爹借着闪电光，寻找可以避雨的地方，搀扶着奶奶和三爹到半山腰的悬崖下避雨，还未等四人站稳大雨就倒下来了。一开始母子四人躲在悬崖下，只是淋湿了衣服，后来风向突然大转，大雨夹杂着冰雹直接扑到崖下，打得四人难以支撑。大约过了有半小时，雨逐渐小了，但山洪暴发了，一米多高的巨浪卷着泥沙从上游直冲下来，发出巨大的吼声，令人胆战心惊。四人手攀住石头，身子紧贴在悬崖边上，以免掉进波浪翻滚的洪沟里，全家人在提心吊胆的极度恐惧中冻熬了一夜，被雨水浇淋了一夜。天亮后，奶奶和三爹病倒了，找到了一个山洞住了下来。奶奶虽然年龄大，受惊吓和雨淋后感冒，但没过几天就好了。受惊吓雨淋后的三爹，几乎是光着身子躺在阴冷潮湿的山洞里，得了重伤寒，三爹的病情越来越严重，没过几天就离开了人世。在奶奶撕心裂肺的痛哭声中，父亲和二爹怀着刻骨铭心的悲愤心情掩埋了三爹，擦干泪，背着奶奶继续南行，他们终于到达甘肃环县解放区，逃出了魔窟。

父亲和二爹从逃难一开始就与奶奶商量着改名换姓——因奶奶姓刘，父亲兄弟都改姓为刘，外人称呼父亲叫大刘或刘大，二爹叫刘二。父亲在环县开始帮人干活，换口饭吃。二爹从此假戏真做，肩上挑着货郎担，带着针线、布头等日常小生活用品，手里摇着拨浪鼓，走乡串户叫卖，做点小本生意，挣几个小钱。一家人最后来到距离环县县城不远的朱家山，在一个叫蔡家峁的小山村里落脚，结束了近一年的逃难生涯。就这样，先辈们离乡背井，历经磨难奔老区，人生路漫长，那往后的命运又将如何？

二

父亲于 1942 年 3 月春种时，带着一家人背井离乡踏上生死逃难路，最后到达甘肃环县境内时，已是秋收季节。父亲为人实在、肯吃苦，一路帮当地的乡亲们干活收庄稼，不提条件，不谈工钱，从这个村到那个村，这家的活干完了，那家再接着干，给哪家干活就在哪一家吃，在哪一家住，临走时有钱的给几个钱，没钱的给几斤粮食或熟食干粮饼子带走。父亲一路经过山城村、刘家山等地方，最后来到了朱家山一个叫蔡家峁的小山村里，给一个名叫刘生德的家里干活。刘生德很看得起父亲，对待父亲和奶奶像自家人一样，父亲和奶奶也像在自己家一样，在刘家干活操心，父亲在田边地头干着各种农活，而且干得很好，主人很满意。奶奶已经是五十多岁的人了，虽然是一双小脚，但很勤快，锅上灶下帮助女主人做家务干净利落。奶奶还有一手好针线活，从早到晚忙个不消停，受到主妇的赞赏。全家人在刘家一干就是一年多，除了吃住，从没有向主人提过工钱的事。令父亲和奶奶做梦都不敢想的是：到了第二年，主人刘生德带着父亲来到距离他家不远的一片地里，对父亲说："这片地就给你种吧。"

听到这话，父亲站在那里莫名其妙地发呆，他不明白主人到底是啥意思。

刘生德接着说："你们一家人给我家辛辛苦苦干了一年多活，工钱我就不给了，就用这片地顶工钱吧，以后这片地就是你家的地了。"

父亲还是不敢相信自己的耳朵，依旧呆呆地站在那里。刘生德微笑着拍了拍父亲的肩膀，二话没说走了。

"我们一家人遇到贵人了！"作为农民，土地就是命根子啊！有了土地就有了立足之本，这与当年，爷爷给毛营老家的保长拉长工、打短工，拼死拼活地干，最后致残、致死形成鲜明对比：如果说逼死爷爷的保长是恶魔，那刘生德就是菩萨。父亲自从有了自己的土地，对生活更有信心，也充满了希望。

又过了两年，父亲在刘生德赠送的田地不远处的一个避风向阳的山坡上修建了一口住人的窑洞，从此有了真正属于自己的家。

刘生德后来说，父亲哥俩从北边宁夏过来，第一次走进他家的院子里，他一眼就看出是逃兵过来的。不用父亲说他心里也明白，父亲和二爹带着奶奶和三爹老少四人，能逃出马鸿逵的魔掌（尽管三爹半路命丧黄泉）不是一般人能做到的，与他有着类似的经历。在以后多年的交往中，刘生德常说："刘大（父亲改姓刘）可信、可交。"

刘生德是河北沧州人，年长父亲十几岁，是一位带有传奇色彩的人物。他的老家是名扬天下的中国武术之乡，他从小习武，个头高大，身体强健，不但拳脚功夫好，而且还是一名少有的神枪手。他早年在旧军阀部队里当兵，凭着出众的功夫和胆识，从一名普通士兵升到副营长。1931年，刘生德的一位叔父，因交不起地租，被当地一位有钱有势、称王称霸的大地主殴打致死，刘生德一怒之下枪杀了仇人，被关进大牢。他凭着机智勇敢和一身武功，在狱卒的帮助下越狱，逃往大西北。他起初被商户高薪聘请做保镖，后来既是股东老板，又是保镖，贩卖宁夏土特产枸杞、甘草、发菜、二毛皮，在西安、兰州、银川三地跑。后来随着年龄大了，他多年闯荡江湖也腻了，自己的积蓄也足够后半生享用，再说他一出门一年半载回不了家，妻子儿女留在环县他也不放心，时时挂念，最后决定，在环县朱家山置地建房，发展家业。

刘生德家境富裕，不仅有大宅院，有很多田地，他拥护共产党，在当地很有名气，口碑很好，用当年的话说叫开明绅士。环县人民政府视刘生德为民主人士，还团结他，让他参与当地的治安管理等。谁家有难，刘生德都出手相助，还收留过几个像父亲一样从宁夏来环县的逃难人。听父亲说，有几次，马家军的人从下马关过来抓逃兵，都被刘生德打跑了。父亲常说，刘生德对他有救命之恩，是生死之交，是挚友——父亲在环县日子过得平稳，能吃饱穿暖，奶奶开始整天念叨着还留在中宁老家的姑母和舅爷爷、舅奶奶等亲人。清明节前夕，父亲决定回一趟中宁老家，看望多年不见的亲人，祭奠爷爷先辈。他步行沿着当年逃难走过的路，暗中比较顺利地回到了老家中宁，先去看望了住在新堡刘营的几个舅爷爷、舅奶奶，住了两个晚上，又在半夜摸到了长滩永丰滩，看望了姑母和姑父。到了第四天晚上，他从永丰滩，一路经过红滩、孙家河滩、东华，过南河子回到了老家新堡毛营村，见到了三爷爷、三奶奶等几个年长的亲人，深更半夜来到了爷爷的坟前焚烧纸钱泼汤，祭奠了爷爷。父亲回老家探亲，亲人相见，他谈起当年的逃难岁月历程，特别是谈到三爹半路遇难、命丧黄泉的悲惨遭遇和对亲人的思念之情时，与亲人抱头痛哭，从这家哭到那家。那真是："男儿有泪不轻弹，只是未到伤心处。"到了第六天夜晚，父亲谢绝了亲人们的挽留，踏上了归途。但刚到吴桥王家水坑，就被当时的保长带人追赶上来抓住了，连夜关押在乡公所。

三

话说父亲逃难离家已有近十年，十分想念在中宁老家的亲人，也想在清明节给爷爷上坟，祭奠先人。在中华人民共和国成立前夕，他暗中回到中宁老家，虽然见到了亲人，给爷爷上了坟圆了心愿，但在返回途中被老家的保长带人抓住，关押在宁夏军阀马鸿逵设在中宁的乡公所。父亲探亲祭祖身陷囹圄，此时有一个名叫王自华的中宁新堡老乡，他也逃到甘肃环县朱家山蔡家峁，也暗中回老家探亲祭祖。王自华老家就在新堡王家水坑，也就是现在的新堡吴桥村，距离毛营村不远，他与父亲自幼相识，与父亲住在同一个山村里。常言说"他乡最亲故乡人"，同是逃难人，王自华听到我父亲被抓的消息，立刻连夜动身返回环县蔡家峁，带回了父亲被抓的消息。奶奶得知父亲落入虎口、生死未卜的消息后，捶胸顿足晕了过去，送信的恩人王自华连掐带喊，奶奶才醒了。奶奶清醒后，请王自华和她一起去求恩人贵人刘生德搭救父亲。奶奶在王自华的搀扶下高一脚低一脚，连滚带爬赶到刘生德家里，向恩人刘生德哭诉了父亲落入虎口的消息。恩人王自华对老家中宁的情况很熟悉，他给刘生德详细叙述了中宁乡公所周边地形和路径，刘生德静静地听着，起初他表情凝重，默不作声。奶奶心急如焚，救子心切，抑制不住悲伤、焦急、乞求、期盼的心情，老泪纵横，眼巴巴地看着眼前的恩人贵人的脸色表情，刘生德怎么想，是否答应救父亲，她全然不知。

父亲身陷囹圄的故事讲到这里，不要说读者会摇头，就连我们做子女的，当时听父亲讲到这里都感到惊恐不安，已经忘了眼前的父亲，好像不是他在讲自己的历险记，我们手里捏着一把汗，不敢再听下去了——父亲落入魔掌，进了阎王殿。

当年的甘肃环县和宁夏中宁天地有别，两地相隔虽不说有千山万水，但在红白区交界地下马关有马鸿逵重兵把守，对过往行人严密盘查。

环县位于甘肃省东部、庆阳市西北部，东临甘肃华池县、陕西定边县，南接甘肃庆城、镇原县，西连宁夏固原市原州区和同心县，北靠宁夏盐池县。环县是 1936 年解放的革命老区，20 世纪 30 年代初，革命先驱就进入环县开展革命活动，是陕甘宁革命根据地的重要组成部分，是中国人民解放战争的总后方。老一辈无产阶级革命家在这里指挥了著名的山城堡战役，胜利结束了长征。中共陕甘宁苏维埃省委、省政府曾设址于环县河连湾。抗日战争结束后，环县人民本应继续过安稳日子，但国民党蒋介石发动全面内战，胡宗南占领了延安后，党中央机关撤离，环县也听到了胡宗南的枪炮声。随着辽沈、平津、淮海三大战役节节胜利，宁夏王马鸿逵为了最后的垂死挣扎，到处抓壮丁，对抓到的逃兵不是立即处死，就是押送到前线，宁夏笼罩在黎明前的黑暗中。父亲落入魔掌，只能祈求上苍保佑。奶奶救子心切，给恩人诉苦求情，恐怕也是白费口舌，强人所难——父亲此生休矣。

刘生德沉思良久，紧皱的眉头渐渐舒展了，微微点头。

其实，奶奶和王自华都有所不知，恩人刘生德在 20 世纪 30 年代初，从河北省逃难到西北宁夏、甘肃、陕西，贩卖枸杞、甘草、发菜、二毛皮等宁夏土特产。枸杞是名贵中药材，是宁夏的"五宝"之一，中宁出产的枸杞无论是疗效还是营养价值蜚声海内外——"天下黄河富宁夏，中宁枸杞甲天下"。

千百年来，中宁枸杞作为贡品上贡朝廷，所以最受欢迎，也最能赚钱。但在路途中常遭土匪抢劫，贩运枸杞、发菜的商贩不但货物被洗劫一空，而且性命不保。刘生德多次去过中宁，采购押运枸杞，从甘肃环县到宁夏中宁沿途的几个驿站，诸如下马关、新庄集、同心、长山头、宁安堡他都比较熟悉，或住店或吃饭或收购货物——中宁他并不陌生，路也比较熟。

奶奶和王自华在介绍从环县到中宁沿途情况和宁安堡的情况时，他静静地听着，脑子飞快地转着，盘算着对策。奶奶和王自华介绍完后，刘生德心中已经有了一个营救父亲的大胆计划——刘生德家里有几匹训练有素的快马，还有眼前刚从中宁回来的王自华，他们都是营救父亲的好帮手。但他不露声色，叫王自华先留下，招呼家人搀扶着奶奶到他家的屋子里休息。等奶奶走后，刘生德问王自华："你回中宁时我托你买的枸杞子买上了没有?"

"买上了，买了十斤。"王自华说。

"那好，你赶快回去给我拿来。"刘生德说。

他又问："你愿不愿意再回一趟中宁？我们一起去救毛正怀？"

王自华迟疑了一会儿，点头同意。

此时已经是午后，王自华走后，刘生德吩咐家人赶快做饭，拿出以前出门用的水壶加满开水，找出已经有几年没有用过的驮物品的驮兜布袋和马鞍，并吩咐人给马添草料、饮水。

家人明白主人要出远门，但不敢多问，只是按主人的吩咐做好出远门的一切准备。

过了不大一会儿，王自华手里提着枸杞气喘吁吁地来了。刘生德吩咐家人把枸杞分成几小袋，分散装入几个驮袋里封好。请王自华坐下，两人面对面计算着从环县朱家山蔡家峁到中宁的距离，走哪条路最近；怎样绕过把守最严的关卡；在闯关过卡时遇到兵丁盘查纠缠怎样应对等等可能出现的状况。王自华刚从中宁回来，对沿途的情况他都很清楚。两人闭门商量了很久，都对这次骑马奔袭回中宁，营救父亲有足够的信心。主人端上来饭菜，刘生德又吩咐家人倒了两碗自家酿造的米酒，俩人开始吃饭，饭后二人端起酒碗不约而同起身，一饮而尽。之后刘生德从箱子底下拿出盒子枪，装满了子弹，别在腰间，带上三节棍出了门。

刘生德和王自华化装成去宁夏中宁采购枸杞的商贩，以主仆相称。

太阳已经落山了，夜幕笼罩了大地，两人纵身上马，很快消失在夜色中，清脆的马蹄声渐渐从家人和奶奶的耳边消失，只有天上的星星眨巴着眼睛。

从环县到中宁的关卡中，要说马家军把守最严的就是下马关。但下马关刘生德再熟悉不过了，不走大路走小路，只是多走一段路罢了。他俩快马加鞭赶路，不时抬头看看天上的三星，计划着在寅时三四点钟到达中宁。因为寅时正是人们瞌睡最香的时候，最便于行动。

那天月牙初上，天气晴朗，刘生德和王自华二人在月光下快马赶路，熟路，轻骑，在寅时四点多，按预订的时间赶到了中宁县城宁安堡。他们找了一个僻静的地方下马，先观察了乡公所周围的环境和建筑布局之后，刘生德施展轻功，轻松越过乡公所的院墙。刘生德发现有一个狱卒怀里抱着枪，身子靠在墙上打瞌睡，他轻轻走上前，左手掐着狱卒的脖子，右手持枪顶在狱卒的脑门上。狱卒惊醒了，看到脑门上的枪口，脖子被掐得喘不过气来，早已吓得魂飞魄散，瘫软在地。刘生德示意他站起来不要出声，低声问："你们前天抓的毛正怀关押在哪里？""带我去，把门打开。"

狱卒不敢反抗，乖乖地走到关押父亲的牢房门口开了门。关押父亲的牢房是一个单间，只有一个加了很粗钢筋的小窗户可以透进一点微弱的亮光。地上放着一张单人木板床，床板凹凸不平，还有很宽的裂缝。父亲蜷缩在木板床上，听到有人开门进来，迷迷糊糊坐起身，他看不清来人的面孔，心想："我的死期已到。"

刘生德上前一步紧紧抓住父亲的手压低声音说："大刘你受苦了，我来救你。"

话音未落，父亲猛地站起身与刘生德紧紧地抱在一起。在父亲与刘生德相拥的片刻间，狱卒已经溜出牢房不见了。刘生德拉了父亲一把急切地说："快走！"

两人出了牢房，迅速翻越过乡公所的院墙，来到外墙边的一棵大树下，只见王自华牵着两匹马站在那里。王自华先扶父亲上了马，他自己也迅速上马，紧抓缰绳，两腿一夹马肚，这匹马尽管骑着两个人，但如同离弦的箭一样跑开了，刘生德上马紧随其后。刚出中宁县城不远，他们就听到后面有马蹄声响。马鸿逵统治下的中宁乡公所兵丁狱卒得知父亲越狱逃走，骑马紧追不舍。

在十万火急的危难之中，刘生德施展出自己的绝招：反手一枪就打倒了追赶的一匹马，趁后面追赶的人停顿迟疑、放慢速度的短暂时机，三人两骑快马加鞭，一会儿就进入南山，甩开了追赶的人马。两位恩人救父亲脱离虎口，比较顺利地回到环县蔡家峁。

那一幕：

吾父回故乡探亲落虎口命悬一线；

恩人舍生忘死奔袭劫狱惊心动魄。

父亲落入魔掌，大难不死，逢凶化吉的传奇故事，当年在毛营老一辈人的口中传得神乎其神。然而，新中国成立后，待我们兄弟姐妹几个长大成人，每逢上学、当兵、招工、招干等决定前途命运的关键时刻，总是有人在背后拿这件事说事，总是找碴，说我父亲历史不清。恩人贵人刘生德也是时运不济，命运多舛。

在1970年和1976年，父亲带大哥两次重返第二故乡，看望当年的恩人、贵人和乡亲，见到了刘生德，虽然时隔只有十几年，但眼前肝胆相照的救命恩人，父亲差点没认出来——他饱经风霜，白发苍苍，不见当年高大魁梧的豪爽英姿。

父亲和大哥紧紧抓住恩人的手心潮澎湃，千言万语涌上心头。那真是：

百感交集无言表，大恩大德铭记心；

莫愁前路无知己，天下谁人不识君。

吾父命大福大造化大，披荆斩棘闯天涯。

四

转眼到了1950年，父亲决定再回中宁老家。这次回家与上次回家的情况是大不相同了。他们再也不用偷偷摸摸钻山沟，东躲西藏怕见人，也不像逃难时一天的路要走十天半月，而是光明正大地走大路，走最近的路。

父亲赶着两头驴，一头是我家的，另一头是向贵人刘生德借来的，两头驴身上分别驮着自产的有大半人高的一大口袋小米和一大口袋荞麦面，他们大大方方地从环县回到了中宁老家，你家送一升小米，他家送几碗荞麦面，看望姑姑、长辈和乡亲们。

父亲是一个重情重义、有恩必报的人。为了答谢老家的父老乡亲，他一个冬天连跑三趟，带回了奶奶和全家人，看望那些因父辈当逃兵而受到连累的毛氏家族的弟兄和叔叔大爷，以表谢意和对他们的亏欠。

甘肃环县是"中国小杂粮之乡"，以荞麦为主，燕麦、豌豆、谷子、小豆等小杂粮居全国之首。对于咱们中宁人来说荞麦面是稀罕粮食，小米家家必备——产妇"坐月子"以小米粥为主食。

那时，乡亲们大多都还是缺吃少穿，父亲送上门的小米和荞麦面不仅是稀罕物、贵重物，而且对于他们来说那可真是救命粮啊！

在父亲返回环县时，有不少中宁的乡亲随父亲到环县打工挣粮，他们就住在我家。

到了年底，经人介绍，父亲回中宁迎娶了母亲，然后他们来到甘肃环县。

成家后，父亲与母亲齐心协力，携手共创家业。那时，我家只有一头驴，每逢下雨后，父亲、母亲和奶奶三人都要提着锄头，拿着锹，赶着毛驴开垦荒地。一头驴拉一张犁很费劲，遇上山坡地根本拉不动。为了更多更快地犁地开荒，父亲和驴并排拉犁，父亲拉累了，母亲接着拉，奶奶扶犁。就这样用了几年时间，父母、奶奶吃苦受累开垦出的山荒地就有近百亩。那几年正好赶上风调雨顺，庄稼年年都有好收成，打下的粮食储存了几地窖。随着好日子的到来，大姐、大哥和二姐也相继出生了，父母和奶奶瞅着通过辛勤劳动得来的丰厚果实，又有儿孙绕膝，真是喜上眉梢，心里乐开了花。

母亲自从随父亲嫁到了环县朱家山后，几年都没有回过在中宁的娘家，十分想念中宁老家的亲人。于是父亲决定把大哥留在环县由奶奶带着，他和母亲一人骑一头驴，怀里分别抱着大姐和二姐，前面还赶着一头驴，后面拉着一头驴，驴身上驮着粮食回到中宁老家。父母亲带着两个姐姐，见到了外祖母、两个舅舅和姨妈（外祖父早年病故），久别的亲人朝思夜盼，彼此牵肠挂肚，终于得以相见，此情此景难以言表。

常言说："月是中秋的明，人是故乡的亲。"虽然父亲他乡遇贵人，大难不死，也有了真正属于自己的一份家业，但毕竟是异域他乡，时间久了，父母、奶奶难免都有思乡之情，所以父亲早就有了返回故乡的念头。由于老家新堡毛营村，人稠地狭，对于种地的农民来说没有多大前途。于是父亲决定到中宁别的乡村看看。他经人介绍来到了长滩李家滩，看中了十几亩较好的耕地，地的主人想要卖出，父亲与之谈好了价钱。之后父亲又骑着驴返回了环县，把家中的存粮留下了三窖（一窖可储藏三到五石粮食），其余的变卖。让奶奶带大哥继续留守在环县，自己返回中宁与母亲和两个姐姐团聚。父亲付清了地款，接管了地契，把两个姐姐交由姥姥带着，与母亲不分白天黑夜地拼命干，除了种地，还建起两间土坯房。

父母在甘肃环县通过多年辛勤劳作，收获比较丰厚——储存了许多粮食，又通过变卖土地，积累了一些财富和部分家业。但是回到老家中宁，要想在李家滩这个人生地不熟的地方重新立足创业，并不是一件容易的事。当年从甘肃环县到宁夏中宁沿途山大沟深，交通极为不便，骑着毛驴走一个来回要近一个月。父母要把在环县储存的那几地窖糜谷、荞麦等不少于五千千克的粮食，全部用驴马驮运到中宁的新家，真是很不容易的。至于其他家当物品只有送人。

中华人民共和国刚成立时，中宁大多数人家都是糠菜半年粮。父亲风里来雨里去，冒着巨大风险（下马关、罗山坡常有土匪抢劫），历经严寒酷暑，忍饥挨饿把粮食驮运回来，除了一部分赠送给亲戚以外，其余的寄存在几个亲戚家里。但是等下一趟回来，粮食全没了，都被亲戚们吃完了，父母亲也无话可说——寄存的粮，成了亲人们的救命粮。这期间还有两件令父母亲耿耿于怀、埋藏在心里不愿提及的伤心事，话到口边，我也一吐为快。

上文说过，父亲1942年带着一家人逃难到宁夏同心下马关，在要闯过最后一个马家军把守最严密的关卡时，扔掉了家当行李，父亲背着奶奶，二爹带着三爹化装成卖货郎才闯关成功。等到了环县解放区，二爹假戏真做变成了名副其实的卖货郎。起初他只是走乡串户，赶集市做点小本生意，能养活自己，后来有了积蓄，他扔掉了货郎担，买了一批马，既用来骑乘，又用作驮运货物，他不仅赶环县境内的集市做生意，还到环县周边的老区县城做生意。这样交易的货物量大了，资金周转速度快了，所赚的钱自然也多了。经过几年发展，二爹从一位肩挑货郎担，手摇拨浪鼓的卖货郎，变成了贩卖环县出产的小杂粮等特产的商贩。二爹由于多年独自一人在外闯荡，在闲暇和路途中住店期间，先是与同伴小赌消遣，后来随着生意越做越大，赌注也大了，迷恋赌博不能自拔，不仅输光了做生意的本钱、坐骑，而且还欠下了一屁股赌债。为了逃避债主的追杀，他跑回家藏在地窖里，不见天日，不敢见人，奶奶给他送水送饭。有一天债主带着很多人找到家里，拿出二爹签字画押、数目惊人的几张欠条，逼着父亲和奶奶还债。二爹也承认是自己亲手画的押。

"欠账还钱，天经地义。"奶奶和父母亲无话可说，只好打开了几个地窖，任由来人装粮食。

据母亲回忆，来人装粮食用的是一人高的口袋。口袋摞了有一人高，几丈长的几摞，先后来了几批人，驴驮车拉，整整折腾了大半天，近五千千克粮食就这样被人拉走了。父母心里既气愤又无奈。

我清楚地记得，1979 年，在父亲去世安葬后，二爹和几个舅爷爷、舅舅等嫡亲长辈把我们兄弟姊妹几个招呼到一起，开了家庭会，安顿后事。二爹当着几位长辈的面老泪纵横，痛心忏悔，他毫不隐瞒地讲了自己的惨痛教训，教育我们晚辈：

赌是刮骨钢刀，杀人不见血，久赌必输；父母、奶奶辛苦十多年，破财消灾，损失惨重。

更令父母始料不及的是：父母已经决定要搬家回宁夏中宁老家，在甘肃环县这十几年来创下的家业——粮食和其他东西咋办？

开弓没有回头箭——只有变卖送人。

到了 1956 年，父亲安顿好母亲和两个姐姐以及中宁家里的事，又一次骑着驴、赶着驴返回甘肃环县第二故乡，见到了奶奶、大哥和二爹。最后老弟兄俩带着奶奶和大哥一起回到了老家中宁。

中华人民共和国成立前父亲带着一家人逃难时，中宁毛营老家有二亩多地，两间房屋，都被当年的保长占有，中华人民共和国成立后土改，政府确认该地和房屋归毛正怀和毛正玉（父亲和二爹）所有，田地的使用权又回归我父辈。父母已经在中宁李家滩建房置地，二爹和奶奶回到了祖辈老家毛营，二爹成家娶了二妈。奶奶半生颠沛流离，已经是六十多岁的人了，再说二爹和二妈没有子女，我们姊妹多，奶奶图个清闲，想跟二爹二妈一起过，并且把二姐也过继给了二爹。

我们晚辈铭记旧社会：

父辈少年被抓壮丁受虐待，保长逼债催命，爷爷含冤屈死；

背井离乡生死存亡奔老区，贵人帮扶搭救，回乡再创家业。

不堪回首：

厚德仁义替叔还赌债破财消灾。

五

1957 年我二哥出生。父母、大姐、大哥、二哥五口人都住在先前建的两间土坯屋子里，本来就很拥挤，打下的粮食和生产农具也无处存放，都要放在屋里，家里养的四头驴拴在外面，常年受风吹雨淋，父母看着也心疼，于是，父亲决定翻新扩建房屋。白天，父母亲不误农时下地干活，天黑后，支起两个木头架子，一人背一个大背篼，从一二百米外的地方背土垫台子，再用石杵子夯实。又在自家的地里挖土坯（垡子），

作者与母亲留影

待晒干后，再一块一块用人背或用驴驮回来，请乡邻和亲戚帮忙建造房屋。父母早出晚归，披星戴月，齐心协力，满怀信心地规划着未来的新生活。1958年成立人民公社，农村所有的土地都归集体所有，牲畜、大型农具归公入社，家里留下了一头黑色撇蹄子母驴，全家人都对这头驴有特殊的感情，用父亲的话说："它是和虎虎（大哥的乳名）吃一锅饭长大的啊！"

父亲说的这话可是有来历的——当年，父母亲在甘肃环县朱家山买了一头母驴，一是为了犁地耕作，二是为了繁衍。当那头母驴在生产眼下这头驴时，出现了难产，大半天时间怎么也生不出来，急得父母亲和奶奶团团转。后来父亲死马当作活马医，死拉硬拽，小驴娃子总算是生出来了，但驴妈妈难产死了，那可是一大损失，相当于半份家业没了。小驴驹没了驴妈妈，饿得奄奄一息，这可咋办啊？当时大哥还不满周岁，奶奶给大哥喂小米粥，她看着小驴驹快要饿死了，灵机一动，掰开驴嘴，改用一个大一点的铜勺，一勺一勺地把一大碗小米粥灌给了小驴驹，之后她就在旁边静静地看着。过了一会儿，小驴驹能动了，又过了一会儿，小驴驹四蹄乱蹬，奶奶高兴地笑了起来。就这样，奶奶每次做饭或熬粥时都要多做一些，等全家人吃饱了，把剩下的饭菜喂给小驴驹吃，没过几天它自己就会吃了。在奶奶的精心照料下，小驴驹长得很快，过了三四个月会吃草了。每当全家人吃饭时，这头驴娃子闻到饭香，站在窑洞门口就是不走，只要有剩饭剩菜，奶奶都要给它吃，虽然是牲口，但它却是在奶奶的呵护下长大的。驴也通人性，到后来小驴长到快一岁时，父母把大哥和姐姐抱到驴身上骑玩，过了两岁多，父母和奶奶用它拉犁种地，驮运粮食，骑着它从甘肃到宁夏来来回回走。当家人想要骑它时，它会主动躬下腰来配合，走起路来稳稳当当，全家人从来没有因为骑这头驴而摔过跤。

1958年，人民公社刚成立时，长滩公社李滩大队自西向东按自然村划分为七个生产队，我家被划归到最东边的毛庄七队，西面靠近李家滩，南面过了南河子就是王家河湾（曹桥），北边是洋中滩。由于七队耕地面积大，社员居住庄点分散，不便于生产等方面的管理。于是大队、公社和县政府决定，将李滩七队一分为二，成两个生产队。东部毛庄因为老住户多，居住相对较集中，七队名不变，我家所处的那片滩地为八队，后来，因为原李滩六队迁移分散缺失，八队就补充为六队。因为六队的老住户只有十来户，外来新住户占了一半，政府给起了一个很好听的名字叫"新和（huó）滩"，又叫"新和队"，其寓意是：新户老户和谐共处。

我们全队只有不到三十户人家，但耕地在册的面积就有近四百亩。原来的老住户都是贫下中农，中华人民共和国成立后入住的新户也都是贫雇农。人少地多，集体财产匮乏，经济基础薄弱，父亲主动报名当饲养员，每天铡草、垫圈、精心饲养着队上的"半壁江山"，一干就是五六年。在父亲的精心饲养管理下，社里的那两头母驴繁殖很快，到了 20 世纪 70 年代已是骡马一大群。入社前我家的房屋还没有完全建好，后续建造的房屋布局是这样的：正上方坐北向南有三间大屋，东西带有两间耳房，三间大屋为客厅兼主卧室，东耳房是厨房兼卧室，西耳房为库房。父亲在东面的厨房墙角挖了两个深坑，把两个大菜坛放了下去，用土填实，盖上盖，再铺上一张油布，与地面平齐，上面再摆上物品。菜坛里装满了早前从环县带回的小米留着备用，以防万一。

1963 年"四清"运动开始了。前期是各生产队"清工分、清账目、清仓库和清财物"，不涉及父亲，后期发展到"清思想、清政治、清组织和清经济"，把父亲卷入其中。有人揭发检举说父亲历中不清，有历史问题，而且说得有鼻子有眼：说父亲当年逃兵后回家探亲被抓，有人千里骑马闯营劫狱，开枪搭救，里面有蹊跷。当年负责我们生产队的社教工作组成员老顾（北京人），年近五十，待人和善，说话文绉绉的，没有偏听偏信下结论，而是把检举父亲的问题写成文字材料，上报给县社教工作团。工作团派老顾专程去甘肃庆阳环县，就父亲当年成分划分评定，找到当地政府做了调查，查阅了我们一家当年被评定为贫农成分的原始档案材料。环县组织部门出具的材料证明：父亲划为贫农成分没有任何问题。他又深入父亲当年的居住地——朱家山蔡家峁和打工停留时间较长的朱庄子等地，了解父亲、二爹和奶奶在环县十三年的劳动生活状况及社会交际圈。老顾每到一处，每遇到与父亲打过交道的人，大家众口一词："大刘（父亲）是个好人！"

老顾调查了一个多月时间，回来后拿出了厚厚的一摞子外调材料，当众一一宣读，十分动情地说：这些材料都是我到毛正怀当年逃荒的地方调查来的，是那些地方与毛正怀打过交道的乡亲们亲口说的，他们说刘大——就是毛正怀——是当年逃难来环县的，他除了一双手，别无分文，他是地地道道的穷苦雇农，是一位重情义的大好人！环县那里与他打过交道的人，非常感谢他，也很想念他！

六

1966 年，全队社员推选父亲当了生产队长。父亲半生走南闯北，见多识广，阅历丰富，当队长后，他从我们新和六队（李滩六队）实际出发，组织带领全队社员，在搞好现有耕地粮食生产，力争解决群众温饱的同时，大力发展集体经济，相继在二道沟（原长滩公社草原区域）开发压砂地，种植硒砂瓜；把我家后面的湖泊地改造成鱼塘，放入鱼苗、虾苗（县里支持）养鱼养虾；开设豆腐坊磨豆腐，发展生产队集体养猪；利用较高的岸地渠水，在进入湖沟时的落差水能，建造了水磨坊。

生产队新增加的这些生产项目，周期短，见效快，基本都是当年建成，当年受益，特别是水磨坊，不仅方便了我队社员群众的磨面，还给周边几个生产队的社员提供了方便：他们把麦子拉到水磨坊排队磨面，省工省时——过去是驴拉磨面，费工费时，有了水磨坊只要渠里有水，水磨即可转动，而且磨盘大、转速很快，效率大大提高，节省出了相当的人力和畜力，队里也有了一定的经济收入。

生产队里有了钱，父亲决定先购置大型胶轮畜力车、人力车，后来又买了手扶拖拉机，增加了犁、耙、耱、木锨、叉扬、扫帚、簸箕等农业生产农具。父亲还亲自带人到内蒙古包头为队里买回了几匹健壮的成龄马，一是现买现用为了提高生产力，二是让其繁衍。在那个年代，大牲畜的数量是看一个生产队生产力水平和集体力量强弱的重要标志。

父亲在当生产队长的那些年，常常是天刚麻亮出门，半夜三更回家。队里方方面面的事情他都要计划考虑周全，亲力亲为，督促检查，根本顾不上管家，所有家务事全都给母亲撂下。母亲白天参加生产队繁重的体力劳动，晚上回家后再熬夜干家务，我们姊妹六个一大家子人的洗衣、做饭、搞卫生、做针线活等，她忙得不可开交。我清楚地记得：在小时候的那些年，半夜第一次醒来，看到母亲在灯下做针线活，给我们缝补衣服，或用细麻绳制作鞋底。第二次醒来，看到母亲依旧如此。母亲生性好强，勤俭持家，常常是哥哥的衣服穿得不合身了，弟弟接着穿，缝缝补补，拼拼接接。

母亲在我家刚建好的房前屋后栽了很多树，有柳树、杨树还有杏树。她起早贪黑，用水桶从大老远的渠里、湖沟里挑水饮树。一棵棵小树苗，如同我们兄弟姊妹一样，在她的精心呵护下，根深叶茂、茁壮成长。后来等我们兄弟四人长大后，小树成材，变成了参天大树。当年流行着这样一句话："富不富全看宅旁树。"我们兄弟用父母以勤劳的汗水浇灌成长、培养成材的大树建起了几处住房，供我们兄弟成家立业。

至今我还清楚地记得：在我家大门口栽有两棵杏树，每当麦收后，杏子熟了，红彤彤、金灿灿，香飘四溢。我每天放学后都要爬上树，摘一篮子全家人分享——香甜可口，至今记忆犹新。

父亲年纪大了不当队长后，干的都是他在任时搞起来的生产项目——新任队长把他安排到体力活相对较轻的豆腐坊磨豆腐。

磨豆腐相对来说也算得上是个技术活。父亲先把黄豆除去杂质弄干净，再用石磨破成豆瓣状，去皮后用水浸泡，再用驴拉石磨磨成糊状，之后把豆浆倒入一个底部用纱布包裹得严严实实的木桶（俗称"杵箩"）内过滤（木桶是放在一口大铁锅上面，锅口上放着用木条制成的网格隔板，上面还布着一层竹帘）。为了使豆浆中的淀粉充分过滤，要用一个直径约有三十厘米的球冠状木块，在顶部正中央处打眼固定一个有半人高的"T"字形手柄，制成专门用来杵豆腐的杵子，由轻到重地反复杵压，中途还要加入几次滚烫的开水，促使豆浆中的蛋白质淀粉能充分过滤下去，直到最后只剩下豆渣为止。

这道工序在整个制作豆腐的过程中算是最累人的。最后再把经过过滤后的豆浆倒入一个专门用来熬制豆腐的大锅里，用炉火加热，经过较长时间的煮熬，把握好火候开始用卤水点豆腐，不大一会儿，豆腐脑香味四溢，很远的地方都能闻到。待锅内豆腐结块，浆水见清后，舀出倒入衬着一层白纱布的竹筛里，用圆木板反复挤压，控干水分，一副豆腐就算大功告成。这时常听到有人喊："老毛磨的豆腐就要出锅了，想要吃豆腐的收工后打一块带回家啊！"

我家离豆腐坊很近。在那时我年龄还小，每逢豆腐快要出锅时，闻到豆腐脑香味，我就在豆腐房门口打转，但又不敢进去。如果让父亲看见了，不但不给豆腐脑吃，轻则挨一顿骂，重则屁股上挨几巴掌。

那时想吃豆腐的人，大都是用大豆换豆腐：一斤大豆换一斤豆腐，而一斤大豆要磨一斤多豆腐，收入远远大于投入。豆腐渣也是上好的优质饲料，队里每年都要用豆腐渣喂大几头肥猪，或卖给国家，或宰杀了分给社员自己享用。

父亲在经营管理了几年豆腐坊之后，又改作看管鱼塘，每到寒冬腊月，父亲每天都要用铁镐和钢钎把鱼塘的冰面凿几个大窟窿，据说这样做的目的是防止鱼类缺氧。过了两年，队上又安排父亲上山种植、经营硒砂瓜，经他种出的西瓜和哈密瓜，又大又甜，享誉乡里。这些瓜，就是后来名声大噪的"中宁硒砂瓜"。

七

1978 年 9 月，在我考上吴忠师范学校前去报到时，父亲不在家，此时他还住在山上（二道沟），他很想回家看我送我，但在山上地里的活还没有干完，还有一些当年硒砂瓜生产的后续事情要做，还要为来年生产做准备、打基础。进入十一月立冬后，天气变冷了，同学们大多数都已经穿上了棉衣棉鞋，换上了冬装。就在我准备回家换冬衣时，大哥开长滩公社的汽车到灵武磁窑堡拉煤，父亲搭便车来看我，给我送冬衣，我喜不自禁，幸福满满。在家里我本来有一双穿了几年的旧布棉鞋，要说补一补还可以穿一个冬天，但父亲给我带来的是一双崭新的黑色擦油皮鞋，这在当年还是很时髦的。让我万万没想到的是，等到第二年冬天再穿这双皮鞋时，它却变成了我对父亲的一个念想物。

紧张快乐的学习生活转眼一年过去了，到了 1979 年 6 月底，再有两周就要放暑假了，我收到了大哥的来信，大哥在信中告诉我说，父亲患上了高血压、心脏病，在驻中宁新堡解放军师部医院住院。得知父亲病重住院的消息，我心急如焚，向老师请假回家看望病重住院的父亲。可此时，正值学期末复习考试的关键时刻，我立刻给大哥回信，告诉他我在学校的近况和学校要在 7 月 15 日放暑假。

没过几天大哥又来信了，他在信中告诉我说，父亲病情好转出院了，还说，父亲叮嘱我安心好好复习，争取考个好成绩。

到了 7 月 15 日，学校开完全校师生大会已经是下午五点多钟。我急急忙忙赶到吴忠汽车站，但从吴忠发往中宁的末班车已经开走了。我又向西走了几公里，站在通向中宁的马路上，只要看到有向中宁方向去的车，我都要招手挡一下，整整两个多小时还是没能如愿坐上车，我只好又回到了学校。我晚上躺在床上辗转反侧，怎么也睡不着，满脑子都是父亲的影子：

　　我最喜欢听父亲讲故事，他的故事很多，我总是听不够，而且每次讲完故事后，我都要问这问那，打破砂锅问到底，搞清楚事情的来龙去脉，才肯罢休，还想听，催父亲接着讲下去。我不仅把父亲所讲的故事全记下了，而且深深地印刻在脑海中。父亲虽然大字不识一个，但他讲的亲历故事，为人处世的道理，富有人生哲理。大哥常说起，父亲骑自行车几次带他去甘肃环县，到沿途经过的几口百年老井打水喝，那几口老井都有几十丈深。井口虽然都是用坚硬的岩石建造的，但井口的岩石光滑发亮，还有一道道深槽。大哥不解地问其究竟，父亲语重心长地告诉大哥说："岩石光滑，凹下去的深槽，都是长年累月被打水人用手和井绳磨出来的。"他还说："柔能克刚，做人做事都一样。"等我懂事后，这个道理父亲给我讲过好多次，我逐步理解其深刻内涵：

　　"柔能克刚"——做人要明礼诚信，以理服人；做事要有恒心，持之以恒。

　　"柔能克刚"——是父亲的人生信条，是传承给我们后辈人的至理箴言，是家训。

　　到了第二天上午，我在曹桥王家河湾下了车，过了南河子，沿着水渠田埂抄近路往家里赶。

　　当我已经能够看到家的时候，这时正在地里割麦子的父老乡亲，看到我回来了，扔下手中的镰刀向我走了过来。

　　半年没有见面了，我高兴地笑着迎上去与父老乡亲们打招呼，一一握手。可我感觉不大对劲——乡亲们一个个表情凝重，脸上看不到一丝笑容。这时，有一位大嫂走过来问我说："老三，你不知道你老爹昨天去世了？"

　　那位大嫂随口一句问话像五雷轰顶，立刻把我击垮了，我手里提的包掉在地上，两腿发软，呆呆地站在那里一句话也说不出来，片刻之后转身向家里跑去。

　　我跪在父亲的灵前号啕大哭，这时亲人们围了过来，他们详细诉说昨天这个时候父亲念叨我的情景：

就在昨天下午，前后有几个上了年纪的乡邻来看父亲，父亲嘴里念叨着："老三来信说今天放假回来，可现在还不见人影。"

"这句话你爹昨天从中午到下午念叨过好多次。"母亲含泪插话。

母亲告诉我，就在昨天下午大约五点钟，父亲正在与几个乡邻的人拉家常聊天，嘴里念叨着想见我，盼我早点回来的时候，血压忽然升高，心搏骤停。父亲享年六十三岁。

父亲走了，带着对生活的眷恋走了，带着想见儿最后一面，但没有如愿的遗憾走了。

父亲走得急，一去不回，还有什么话要对儿女说？还有多少故事要对儿女讲？

逝者安息，生者痛。想见音容云万里，思听教诲月三更。

父亲平凡的一生：无为有节，无名有尊，遗志永昭，风范永存！

追思父亲的一生，就是追思中国近当代农民含辛茹苦百折不挠的一生。从他的一生可以看出：只有在共产党的领导下，人民才能翻身得解放，只有改革开放，人民的路才会越走越宽广，人民才能过上梦寐以求的好日子。

追忆父亲跟党走，前辈美德代代传。

2020 年 7 月 6 日于银川滨河新区初稿
2022 年 5 月 10 日于中宁红宝家园修改

我的小学

　　我的家乡宁夏中宁县鸣沙镇李滩村，是当年的长滩公社李滩大队，有八个生产队，分别是赵庄、黄庄、李家滩、黄家滩、洋中滩、毛庄、新和滩，其中李家滩是三队和四队，我在六队新和滩。

　　1969 年，长滩公社的长滩大队、周滩大队和碱滩大队因距离黄河主河道比较近，同时被划到青铜峡库区。这三个大队的居民整体被搬迁到了银川北边的贺兰县。李滩六队——也就是洋中滩——本来也被划到青铜峡库区，但因为是李滩大队，就没有搬迁，把李滩六队居住的村民全部分散安置搬迁到李滩大队的其他七个生产队，我所在的八队就更名为六队。

　　原长滩公社三个大队搬迁贺兰以后，成千上万亩耕地当年分片划分给了我县其他各个公社大队。由于距离太远——有的划分给了东边远在牛首山脚下和西边的古城、周塔、康滩的生产队——耕种很不方便，致使大面积良田变成了荒地。没见水淹，只见良田变成荒草滩。

　　很多搬迁到贺兰的乡亲想念故土，从贺兰返回故地——"地种三年比娘亲"，政府强行撵走一批又回来一批，这样来回拉锯的状况持续了好多年。后来政府决定从中宁县人稠地狭的公社大队整队搬迁到原长滩移民后空出没人的原长滩大队、周滩大队、碱滩大队等地区，新成立了一个"长鸣乡"政府，与其他乡政府一样，直接受县政府管辖。后因机构合并，先于长滩乡撤销，合并于长滩乡政府，长滩乡后来又合并到鸣沙镇。我的家乡就成了鸣沙镇李滩村。

我记得小时候，夏天在河里游泳，冬天在湖里滑冰，五六岁开始挑猪草或放猪，过了十岁冬天拾粪，春天背坑（背背斗），夏天放驴、摸鱼，秋天割草（少不了偷瓜）。童年的生活无忧无虑，虽然单调但不乏味。

20 世纪 60 年代以前，我们李滩大队还没有一所完好的小学，只有几个教学点，主要是搞低年级初学教育。学生到了四五高年级的时候就要到十几公里外的原长滩完全小学去上学。因 1969 年原长滩公社的三个大队和长滩公社社部以及长滩完小一起搬迁到了贺兰县，原李滩大队一二三四队小学低年级教学点设在三队的大地主李华堂家的大院里，后来在四队的庙台上拆了庙，建了几间房作为学校，几经扩建，到了 20 世纪 70 年代才成为一所完全小学。一二三四队的孩子上学很近，五六七队的孩子上学直线距离也就七八里路。可是那时的李家滩三百米一沟，二百米一湖，沟壑交错，坑坑洼洼，交通很不畅通，娃娃上学绕来绕去得走几倍的路程，因此才在我们六队和七队之间设了一个教学点——先在黄建国（他爷爷在我们当地是个有名的木匠）的家里占用了两间房作为教室，后来又在向东二百米的沟边空地上盖了三间房子，供李滩五六七队的孩子上学用——这就是我们的小学：一个学校三间房，一个老师教全校一、二、三，三个年级的学生。说全校也好，称全班也对——学生按年级围拢坐成三排或三行，最多的时候共有二三十个，少的时候也有十几个学生。

在我的印象中，木制课桌凳一个也没有过，全都是泥桌、土凳、树墩。我 1959 年 11 月出生，到 1967 年 2 月已满 7 周岁了，已经到了上学的年龄。入学后虽说是上学了，但没有个学生样：一无课本，二无作业本。上学放学好像也没有固定时间：老师来了进了教室，我们知道上课了；老师走了学生也就放学了。

我入学的第一年，一年级有七八个学生，二年级有五六个，三年级有四五个。到了第二年，二年级有几个同学不念了，只剩下我们三名同学。我们到校后大部分时间都是在室外活动：踢毽子，玩老鹰抓小鸡，滚铁环，斗牛等游戏。

到了 1969 年，按说该升三年级了，原来和我一起上二年级的三名同学，又有两人不念了，这样三年级只剩下我一个。

这书没法念了，我只好跟着二哥和本队其他高年级同学转学到恩和曹桥完小去上学。

在我原来的复试班，我念了两年书，先后有六位老师给我们上过课，也就是说四个学期换了六个老师。1969 年我转学到曹桥小学本应入三年级，可是老师问啥我都答不上来，就连汉语拼音都不会。三年级进不去，二年级的老师也不收我，我只能降级到一年级。

我这样在一年级连续上了三年。在曹桥完小（校长谢天民，主任曹凤莲，后来他们都成为中学名牌教师、领导）我虽然只上了一年学，但我的学习入门了。在我们本队的复试班读了两年书，那种"放羊式"的教学与管理，我啥都没学到，只长年龄不长知识。1970 年也就是我上学的第四年，我已经过了十一周岁，又从曹桥完小一年级转回到我们本公社本大队的李滩完小读书。

到李滩完小报名时，老师问了我的年龄，学习经历，提了几个问题我都做了回答。因为我年龄大了，老师建议我入三年级，这样我算是跳了一级。

转学到李滩完小后，在三四五年级的三年中，先后有刘生礼（后由民办教师转为国家干部）、曹希贤等几位老师给我教过算术，我的语文课连续三年都是谢矗老师任教，他而且还是班主任。那三年，是我继曹桥完小之后真正像个学生样学习生活的三年。尤其是谢矗老师，在语文教学与做班主任工作方面，他那严肃认真的工作态度、严谨治学的刻苦敬业精神和关心爱护学生的师表风范，对我后来的人生起到了很大影响。如果没有谢老师对我的严格要求，没有他那三年的语文教学给我打下的扎实基础，就不会有我今生的教师职业饭碗。

在李滩完小那三年中，我们有了宁夏版的教科书。谢老师不仅给我们班讲语文课本上的知识，而且还陆续给我们班印发语文学习资料，对语文课本教学内容进行补充、加深和拓展。后来我把谢老师给我们选编、刻写、推印出来的这些语文学习资料装订在一起，成了厚厚一本语文讲义书。这本书的内容可以概括为字、词、句、篇、语（法）、逻（辑）、修（辞）、文（小说、诗歌、散文）八个字。我至今还清楚地记得，在我们教室的墙壁上贴满了谢老师用毛笔写的"容易读错的字""容易写错的字""同音字""一字多音多意字"等。在谢老师印发的讲义上有成百上千条成语，有短故事，还有很多语文语法基础知识。我至今还有印象——谢老师教我们写作文，写日记，讲怎么开头，怎么结尾，尤其强调写作文要交代清楚记叙文的六要素。在他发的讲义上，不但有范文，而且还给出了作文的开头几句和结尾几句，让我们补写完成作文。

在当时的教育形式下，我作为小学生能学到那些语文基础知识，能得到字、词、句、篇章、语法、逻辑、修辞、文学方方面面系统的口头、笔头扎实有效的训练及教育培养，实在是幸运至极。作为老师能付出那么多的心血选编教材，一笔一画，一字一句，用铁笔刻写在蜡纸上，再一页一页给我们推印出来，这种认真的精神实在是难能可贵。我从谢老师给我们发的语文讲义中和谢老师循循善诱、耐心细致的教学中，学到了知识，受到了教育。我至今还记得，在李滩完小上四五年级的时候，经常有外校的老师来我们班听语文课，而且来听课的老师比我们班上的学生还多。听别的老师说，在全公社期中期末统测中，我班的语文平均分，比其他学校班级的平均分少则多七八分，多则十几分，二十几分。谢翥老师后来调到鸣沙中学教高中数学，当了鸣沙中学校长，他的敬业精神、出色表现，深受学生爱戴，家长欢迎，这的确是实至名归。

每当我想起小学学习生活，感到既骄傲又沮丧。沮丧的是我转学到草桥完小没人要，降了一级（其实是幸运的）；骄傲的是到了李滩完小四五年级我一跃成为班上的好学生。算术老师曹希贤说我是班里的领头羊，算术课上老师提出问题，我喊什么，大家跟着我喊，我喊对了大家都喊对了，我喊错了很多人跟着我喊错。语文课上我出尽风头，尤其是造句练习，我是班上发言最积极的那一个学生。我最喜欢上的课就是作文讲评课，每次作文发下来我都要仔细看几遍。在我的作文本上，谢老师的眉批、段批、评语写了很多字，波浪线等作文批改符号画了很多，批改后的作文蓝字和红字差不多各占了一半。在作文讲评课上，谢老师差不多每次都把我的作文念给同学们听，有时还把我作文中的一些精彩语句写在黑板上。

前几天我们高中几个同学聚会，大家看到我在网上发表的文章，有同学讲了我们高中语文课堂上的回忆：杨宗仁老师讲完课文，在黑板上写了很多词语、成语，叫了几名同学解释并造句。结果这几个同学都不会，我举手一一做了解释并造句，这其中有几个词语、成语其实是我上小学时，谢老师已经教过练过的。

这就是我的小学，今天的年轻人一定无法理解当年的我所经历的这一切，然而这一切都是在二十世纪六七十年代我的大西北农村真实的、普遍的存在。

2020 年 11 月 10 日于银川滨河新区初稿
2022 年 8 月 10 日修改于中宁

当年长滩中学

宁夏中宁县长滩地区位于卫宁平原东部，鸣沙州老岸下面的黄河古道、现黄河主河道南岸。1955 年开始独立设乡一级行政机构，自西向东下辖红滩、黄辛、李滩、长滩、周滩、碱滩 6 个生产大队及当年的县属永丰农场，1958 年改为长滩公社。1969 年因青铜峡水库扩容，原长滩、周滩、碱滩 3 个生产大队整体移迁贺兰县。1972 年撤销县属永丰农场将其并入黄辛大队后取名永丰大队。

长滩地处偏僻，地广人稀，自古教育资源匮乏。1969 年全公社唯一的一所完全小学——长滩完小的部分教师随同家属迁移贺兰县，留下的教师和校产设备分别充实到黄辛、红滩、李滩三个初级小学后，扩展成为三所完全小学。同年以黄辛完小为基础班底，筹建了长滩初级中学，校址在黄辛谭庄庙台之上。

建校初期，长滩初级中学和黄辛完小同在一处办学，统一管理：小学学制 6 年，初中学制 2 年。1970 年初中开始招生，人数约有三四十人，设一个教学班。1972 年，初中、完小分别选址，在长鸣公路南北两侧各自新建了长滩初级中学和黄辛完小。从此长滩中学独立办学，首任校长孙行善，教师一部分是原长滩完小的，还有一部分是中宁县文教局从本县其他学校调配而来的。

当年长滩中学建校初期曾先后在校任教的老师有：孙行善（校长）、杜通（原中宁中学教务主任）、周春海（上海）、冉国英（甘肃）、杨国瑞（北京支宁青年）、范佩珠（上海）、杜兆寅（天津支宁青年）、张志业（曾先任县文教政治处副主任，后任校革委会主任）、郑祖联、王玉成二人（曾任校革委会副主任）、陈全智、窦仰喜、焦吉德、宋新华、王建元、葛长中、孙希圣、任善银、张国忠、黄光庭等，很多都是中宁县教师队伍中的精英人才，尤其是那些外省籍老师，个个学识渊博。如杜通老师人如其名，门门精通，是不可多得的全科老师；周春海来自上海，被誉为活着的打字机，在美术、音乐方面也有很高的造诣；杜兆寅、陈全智老师体育、音乐、舞蹈都是他俩的强项；本土教师王建元、葛长中都是满腹经纶的拔尖骨干教师。正是在他们的辛劳付出下，长滩中学的办学规模逐年扩大，鼎盛时期每年招收两到三个教学班，在校学生人数达 300 多名，教职工人数 20人左右。也正是在他们的精心培养教育和影响下，长滩初级中学先后向鸣沙中学高中部输送了很多优秀生源，有的学生后来成长为各行各业杰出人才，如：世界著名昆虫学家、南开大学博士生导师、博士后李后魂教授就是长滩中学首届初中毕业生和鸣沙中学首届高中毕业生，他在昆虫研究方面取得了世界级成果；新能源科技专家王顺祥也是长滩中学初中毕业后考入鸣沙中学的高中生，他在光伏发电新能源方面取得的成就得到行业高度认可，是名副其实的专家；2021 年 9 月去世的宁夏交通厅教授级高级工程师武文斌同样是长滩中学考入鸣沙中学的高中生，他从鸣沙中学考入原西安公路学院，毕业后在宁夏公路建设方面作出了杰出贡献。还有康占平、刘进国、侯福华、龚汉能、徐有志、刘德忠、赵国恒等优秀学子们都是社会精英。

随着城镇化、城乡一体化步伐的加快，长滩大多数农民都在城里买房定居，长滩中学也逐渐淡出人们的视线。尽管校舍等各项硬件设施、条件较以前有很大改善，但生源逐年减少，从起初的中小学合办的八年制学校，发展到独立办学的初级中学，又变成了九年制学校，再变成幼儿园，直到

2018 年停办。

　　曾经的长滩中学已不复存在，但在我们这一代人的心目中她将永远占有着一席之地，她在长滩历史的画卷上永远留下了浓墨重彩的一笔。

2021 年 6 月 1 日于银川滨河新区

我的青春我的梦

——回忆我的高中学习生活

难忘师生情

鸣中毕业四十年，
岁月流转情依然。
期盼今年再相聚，
永恒鸣中政文班。
四十年光阴似箭，
岁月如梭弹指一挥间。
时光销蚀了我们的青春，
却加深了我们的思念。
历练打磨了我们的棱角，
却加深了我们的情感。
流水不因石而阻，
友情不因远而疏。
四十年后再相会，
把酒放歌尽言欢。

人生最真同学情
难忘鸣中政文班

这是 2017 年 7 月我在鸣沙中学"政文班"同学微信群里发出的高中毕业四十年同学聚会倡议小诗，很快得到了同学们的响应：8 月 19 日，我们鸣沙中学当年政文班同学们举行了隆重的同学聚会——聚会以"心系青春，情系同学"为宗旨，以"情谊、感言、就餐、剧目"为主要内容，聘请了主持、歌手、艺人为聚会助兴添彩。到会的同学都发表了热情洋溢的聚会感言，谈同窗两载同学、师生结下的深情厚谊，谈毕业 40 年的奋斗历程和人生感言。40 年后再相会，大家都十分感念当年辛勤培育我们的老师，特别是给我们政文班带语文课、政治课，又当班主任的杨宗仁老师。由我执笔代表全班同学，给远在南京的杨老师写了一份感念恩师慰问信，并当众宣读。全文如下：

尊敬的杨老师：

您好！您 24 岁来到边陲宁夏中宁，您把人生最宝贵的 16 年青春年华奉献给了中华杞乡的教育事业，把 16 年青春热血挥洒在鸣沙中学的校园。学生忘不了您，杞乡人民忘不了您！

曾记否，在您的教师生涯中带过这样一个班，叫作"政文班"？"政文班"的学子们已经毕业离开您 40 年了……今天大家欢聚一堂感到十分高兴和激动。"一日为师，终身为父。"同学们怎能忘记您的教育培养。师恩之大没齿不忘，教我做人，育我成长，给我知识，启我智慧，授业解惑至诚至真，甘做蜡烛愿做人梯，照亮别人至仁至尊。祝愿老师健康、快乐、阖家幸福安康。

鸣沙中学七七级政文班全体同学 2017 年 8 月 19 日敬上

杨老师以"临江仙"为词牌名，即兴作词一首发来，祝贺"政文班"同学毕业 40 年聚会："绿柳鸣沙红枸杞，同窗二载深情。七星渠畔读书声，风摇沙枣吟，共读到天明，四十年艰辛奋斗，无亏家国人生。风歌雨啸望前行，相携登绝顶，谈笑畅心情。"

1968 年，杨宗仁从南京大学中文系毕业，先后在宁夏中宁县莫嘴林场、鸣沙公社薛营六队参加生产劳动，一年后进入鸣沙中学从教。应宁夏学生的再三邀请，杨老师于 2011 年 11 月重返故地，回到了阔别 28 年的宁夏：从中卫到中宁，从中宁到吴忠，从吴忠到银川，每到一处都受到同学们热情的欢迎和接待。听到杨老师回到了中宁，我们政文班的同学，纷纷从各地赶到中宁宾馆，看望老师，举办了杨老师回宁欢迎宴会。在欢迎宴会上，师生问寒问暖，畅谈当年师生情谊，到场的同学一一向老师介绍各自的家庭、工作、事业发展情况，杨老师即兴赋诗一首作为鼓励。多年来，我们每逢过年，总要通过各种形式，向杨老师表达敬意。2005 年春节前夕，丁建国约我买了一些中宁的土特产，有枸杞、发菜、红枣、豌豆、绿豆、扁豆、芝麻等给杨老师寄了过去；2007 年，我们政文班举行毕业 30 年同学聚会，我们给杨老师送上礼品，送上祝福问候，以表达对老师的感念之情；2018 年 8 月，我们政文班的邓宏鑫、丁建国、邓光华三位同学专程前往南京，带着中宁特产枸杞、红枣等礼品，带着政文班同学深深的想念之情看望杨宗仁老师。老师分别与我们班的很多同学视频聊天，相互问候，互报平安。

润物细无声

1975 年 8 月，我还不满 16 岁，依稀记得前一天晚上在生产队加班打了一夜场（用脱粒机脱小麦）。刚准备回家时，生产队长告诉我说，我被鸣沙高中录取了，听到这个消息大家都很高兴，我更是喜不自禁。因为，在那时上高中不仅要学校推荐，还要经过公社、大队、生产队层层政审才能决定。那年鸣沙中学高一招收了甲乙丙三个班，甲班叫普通班、乙班叫农化班，丙班叫政文班。我被分配到了丙班，也就是政文班：共有 58 名同学，同学之间年龄差距较大，大的已过 20，小的只有十五六岁。那时高中学制 2 年。我们班开设的课程与同年级的另外两个班也就是甲班普通班，乙班农化班有所不同，同样的学科周课时数也不同，因为我们班是政文班，所以政治、语文是主课。杨宗仁老师既给我们班上政治课又上语文课，还当班主任，他与我们朝夕相处，亦师亦友，在我们的学习生活中总能看到他的身影：在课堂上聆听他的教诲；在课下他与同学们谈心、聊天、拉家常；搞课外活动他与同学们打成一片；当有同学违反了纪律，他很少当众训斥，而是拍拍肩，摸摸头，微笑面对；当我们排队打饭时，只要一有空他就过来，问我们吃的什么饭，吃饱了没有，因为那时同学饿肚子的事经常发生。同学们对杨老师都怀有敬畏之心：敬杨老师和蔼可亲、儒雅端庄、学识渊博的师表风范；畏杨老师对同学一视同仁、有错必纠、严肃认真的人格魅力。杨老师的教学方法很有创意，无论是上语文课还是上政治课，他讲课都很有激情，声音洪亮，吐字清楚，手势、表情等肢体语言用得恰到好处，同学们全神贯注，听得津津有味。杨老师花费了大量的心血为我们选编教材。在语文课上，讲解了毛主席的大部分诗词，还选学了多篇鲁迅、巴金、茅盾、郭沫若等现代著名作家的小说、诗歌、杂文等名篇，以及悼念周总理等老一辈革命家的《天安门诗抄》。在政治课上，他给我们讲解毛主席经典著作，带领我们学习"两报一刊"社论。他传道、授业、解惑、寓德于教，政治语文两门课紧密联系，相辅相成，融会贯通，在政治课上有语文课的味道，在语文课上又有政治课的味道。例如，他在语文课上讲解毛主席在红军时期、抗日战争时期、解放战争时期写的《蝶恋花·答李淑一》《七律·长征》《沁园春·雪》《清平乐·六盘山》等壮丽诗篇，讲解毛主席诗词的大气磅礴，诗词韵味、写作特点、中心思想，同时在政治课上讲解毛主席著作《矛盾论》《实践论》《中国农村各阶级的分析》《星星之火可以燎原》《论持久战》《论联合政府》等篇目。同学们了解了写作的时代背景，加深了对毛主席诗词、经典著作的理解。由于我们班没有开设历史、地理课，杨老师还拓展讲解了有关历史、地理知识，这样同学们对毛主席诗词、理论著作有了更进一步的理解，读懂了毛泽东主席真不愧为伟大领袖、人民救星，杰出的政治家、思想家、军事家、理论家和诗人，他所独具的战略眼光高瞻远瞩，他有雄才大略、豪情壮志和革命的乐观主义精神。同学们深刻理解并认识到中国革命的艰难曲折，没有共产党就没有新中国，没有共产党就没有祖国的繁荣富强，加深了同学们怀念毛主席，爱党爱国的情怀。杨老师对我们政文班同学们提出的要求是：两年通读《毛泽东选集》1至5卷，而且每学习一篇都要写心得体会，在笔记本上抄写并背诵毛主席的大部分诗词，背诵《老三篇》，努力把毛泽东思想学懂弄通，装到脑海里，用到实践中。我们不仅学到了文化知识，而且在人生观、世界观、价值观思想品德方面受到教育，受益匪浅。我们政文班的数学课，高一由王春祥老师代，高二由王景禹老师代。说起王春祥和王景禹两位老师，他俩的学识造诣都是大师级的。王春祥老师是武汉大学的高才生，数学天才，20世纪50年代，他以全国第8名的成绩被选中，作为中国首批100名派往苏联的留学生，但因政审名落孙山。他桃李满天下，把一生的心血都奉献给了我县的教育事业。王景禹老师也毫不逊色，他后来调到宁夏大学农学院，任数学系主任教授。鲍家奎老师给我们班代美术课。鲍老师是天津支宁青年，他写得一手好美术字，学校搞文化建设，鸣沙公社、大队墙壁上的标语口号，大都是出自他之手。美术课上，鲍老师耐心指导我们学习写毛笔字、美术字，练素描、办墙报、手抄报。物理课老师是学校副校长肖向东，他理论与实践相结合，给我们讲解并指导我们学习"三机""一泵"，即收音机、电动机、拖拉机和水泵的构造原理及维修，旨在为社会培养急需人才。

那年、那月、那日子

那时的鸣沙中学以其开门办学闻名遐迩，被评为中宁县教育先进单位，银南地区教育先进单位，宁夏回族自治区教育先进单位，而且新华社、《人民日报》《文汇报》《光明日报》《宁夏日报》、宁夏人民广播电台等各

当年政文班毕业合影（照片提供：丁建国）

大媒体经常报道鸣沙中学开门办学的先进事迹。全国各地的人纷纷前来取经，参观学习。开门办学不同于现在学校搞封闭式管理。我们两年的高中学习生活，有很多社会实践活动。那时鸣沙中学不但有校办工厂，还有两个校办农场，耕地有一百多亩。学校只给校办农场、工厂安排一名看管人员，具体的生产劳动、管理工作都由老师带学生完成。每到农村大忙季节，全校师生都要离校一到两周到生产队去支农，师生吃在生产队，住在社员家。20 世纪 70 年代，原长滩公社地广人稀，大面积种植水稻，每到插秧季节，都要动员全县机关、学校去支援，就这样全力以赴，栽完稻子也得一个多月。5 月的清晨七八点钟，稻田水冰冷刺骨，那时又没有插秧鞋，只能赤脚下田，但我们班的同学大都是农村出身，这些困难都能克服。记得刚上高中不久，我们班被派去支援长滩公社永丰五队割稻子，近一个月，有好多同学的手指被稻秧磨破，左手五个手指都缠了一层层胶布。1976 年 12 月隆冬季节，鸣沙中学全校师生到白马公社三道湖大队和白马公社的全体社员群众一起进行了为期两周的农田建设劳动。工地上红旗招展，人山人海，高音喇叭在不停地播放各单位涌现出的先进事迹，场面十分壮观。每天早晨 6 点多钟天还没有亮，我们

班的同学们就已经到了工地，他们披星戴月、热火朝天地干了起来。三道湖位于黄河青铜峡水库南岸，有大面积可开发的荒地。这里一片洼地一片滩，一处沙丘一处湖，沟壑交错，高低不平，道路不通。这次园田规划大会战，广大社员群众和鸣沙中学高中部的师生，发扬大寨精神"人定胜天"，誓把荒滩变良田。我们班的任务是把沙丘和卵石滩凹凸处的沙石、泥土用人力车拉运二三百米，填平沟湖、低凹地。我们挖土挖得艰难，拉运拉得吃力，数九天泥土冻了有一尺多深，用铁锹根本挖不动，只能用沉重的洋镐高高举起，拼足力气猛地扎下去，反复几次，才能把冻土层震松震裂，再一块一块、一锹一锹装到人力车上，我们班同学们克服高低不平，乱石、坷垃挡道等困难，十分费力地拉到目的地。表现最突出的是王华、白进忠、尤学东、李吉军等几名同学，他们几个年龄较大，个子高，身体壮，干起活来虎虎生风。在我们班的工地上，哪里最艰苦，哪里的活最难干，他们就出现在哪里，专啃硬骨头。我以"属虎的"为标题，给工地广播站写了一篇表扬稿，表扬他们的先进事迹。这篇稿子被工地广播站采用，受到老师和同学们的肯定。我班同学尽管都出生在农村，但年龄大都在十六七岁，参加这样大规模的农田建设大会战劳动，时间之长，强度之大，顶风雪，冒严寒"战天斗地"都还是第一次。数九寒天，有很多同学穿的衣服单薄，脚冻肿了，手冻烂了但仍然咬牙坚持，特别是我们班的吴秀琴同学，手冻坏感染化脓，至今还留有疤痕。1976年冬天，我们政文班过黄河去援建县化肥厂。在那十多天里，同学们搬砖，拉沙子，搬水泥，和水泥，做瓦工师傅的小工，我们第一次切身体验到建筑工人的辛劳。这期间发生了一件至今记忆犹新的事情：记得我们白天到工地上干活，晚上住在太平大队的社员家里。在我住的房东家屋子里有一张床，在床的旁边放有取暖用的铁炉子，我和梁永国同学就睡在这张床上。梁永国睡在靠火炉一边，我们各盖一床被子。到了深夜，梁永国睡热了，把被子蹬到了火炉上，当我正在熟睡时，突然听到梁永国大声叫喊，他的被子被火炉烧着了。我俩猛地从床上跳起来。梁永国将被子一抖，呼啦一声，整个被子就燃烧起来，火苗有一尺多高，屋子里的浓烟呛得人睁不开眼，喘不过气。我俩惊恐万分，一边灭火，一边高喊，惊动了房东和隔壁住的同学，他们跑过来帮我俩把火扑灭。真是有惊无险，梁永国的被子烧没了，但庆幸的是他只受了一点轻微伤，我安然无恙，再没有其他财产损失。政文班在高中参加劳动时，还发生过一件惊险、绝处逢生、至今令人心惊胆战的事：那是1976年6月下旬的一天，我们班被安排到黄河边学校碱滩农场薅稻子。在我印象中，去的好像只有男生，而且没有老师带队。到了中午，天气很热，劳动任务完成后，大家都想到黄河里游泳，游到黄河中间的河滩上收鸭蛋。那年夏天，黄河水很大，河面很宽，水流湍急，在与黄河南岸相隔大约有100米处是一片几十亩的夹河滩。我们共有17名同学，大家观察，选好了顺流游过去的起点，信心十足，做好准备，一起下河向对面的河滩游过去。没费多大劲，不大一会儿大家全都游到了夹河滩上。在这个夹河滩上，柄草、芦苇、大蒲子等长得很茂密，几处有一人高。大家在草丛中捉迷藏，搜寻鸭蛋，但草丛全部搜完，却一个鸭蛋也没有找到。大家又躺在沙滩上享受日光浴，摔跤，打水仗，这样玩了有一个多小时，已经是下午3点多钟，都感觉肚子饿了，准备返回。因为我们从南岸向夹河滩上，游过来时没费多大劲，所以返回时也就没有多想。我们从离对岸最近的地点出发横渡过去，但是，当我们游到离岸边不到10米处就再也无法靠岸，而且越靠岸边水流越湍急，河面上还翻卷着浪花。我们被湍急的水流冲向黄河的中央，而且我们之间一个离一个也越来越远。这时的河面足足有五六百米宽，我们中距黄河南岸最近的也有近百米，大家已经筋疲力尽，恐惧绝望油然而生。我们政文班的17名同学已经处于十分危险的境地！"我命休矣……"——当时我就是这样想的。由于越到下游，河面越宽，我们已经进入青铜峡水库库区，所以水的流速变得越来越平缓。当我们都在拼命挣扎时，不知是谁喊了一声："水浅了！"大家循声望去，只见这位同学不停地挥舞着双手高喊："水浅了！水浅了！"这时大家都由游泳转为站立。之后我们17位同学一点一点靠拢，手拉着手，顶着没肩深的流水，一步一步艰难地向岸边靠近，直到一个个平安上岸。

火红的青春

说起课外活动，首先要介绍一下我们政文班班委会组成：团支部书记丁建国，班长郭占海，文艺委员李宁三，组织委员杨彩霞，学习委员谢云，体育委员樊俊杰。高中两年，搞课外活动占用了我们大量的时间：无论是全校活动，还是班级活动我们班都开展得有声有色，为班级争了光，为学校添了彩。特别是学校开展文体活动，我们政文班能歌善舞，能写会画，吹拉弹唱的大有人在，在全校表现得尤为突出的是李宁三的小提琴、杜克勤的二胡、尤学东的板胡等组成的乐队，再加上杨彩霞、陆桂荣、张菊莲、谢云、杜春玉、吴秀琴、朱惠娟等几位女同学能歌善舞，我们政文班的文艺宣传队在全校独领风骚。由班干部带领，同学们自编、自导、自演排练节目，同学们在学校表演，到社队为社员群众演出。搞体育活动的更是人才济济，以白进忠、邵东安、滕学仁、尤学东、李吉军等同学组成的篮球队经常与其他班级打比赛，还常常与老师队比赛，互有胜负。在全县中学生田径运动会上，我们班的白进忠、滕学仁、王金芳三位同学分别夺得 400 米冠军、800 米亚军、1500米季军。

风雨人生路

我们政文班的同学现在都已经过了花甲之年，40 多年弹指一挥间，抚今追昔往事历历在目，感慨万千……其中得失，一言难尽……我们只能自我慰藉——40 多年的风雨历程，我们政文班尽管考上大中专院校的同学不多，但他们遍布各个行业：有参军为保卫祖国边疆立功受奖的标兵，有从政当领导的公务员，有在大队、生产队当书记、队长、妇女主任、会计的村队干部，有在中小学教书育人的高级教师、特级教师和校长，有救死扶伤的白衣天使，有位居全国民营企业 500 强、宁夏民营企业之首的高管，有开办枸杞加工厂、在大中城市设立中宁枸杞营销点、把中宁枸杞营销全国的老板，还有很大一部分同学是在生产劳动第一线，默默无闻，埋头苦干，为发家致富奔小康，为祖国发展建设做出贡献的普通劳动者。40 多年来，我们政文班同学不论地位高低，不分贫富差异，大家互相帮助，彼此挂念，不忘同学情谊，相互勉励向前看，在各自的岗位上恪尽职守，遵纪守法，兢兢业业工作，踏踏实实做人，不求大富大贵，但求问心无愧，各尽所能，各得其所。40 多年来，"无为有节，无名有尊"是我们政文班同学共同的人生观、价值观，也是我们做人处世的原则，言传身教，教育培养下一代。我们政文班 58 位同学无一人违法乱纪走上犯罪的道路，我们的子女后代也无一人越道德底线，危害社会。我们这一代人，出生在困难时期，学习在"文革"时期，工作在改革时期，养老在追梦时期。而鸣沙中学高中两年的开门办学，给我们一生一世留下了终生难忘的烙印，决定了我们一生一世的人生走向。

鸣沙中学 1977 级政文班共有 58 名同学：丁建国、万秀琴、万雪春、邓宏鑫、邓光华、毛兴国、王志勇、王志中、王克生、王金芳、王华、王自华、尤学东、田彦文、白进忠、师正明、叶凡英、史少峰、李宁三、李青山、李吉军、李云莲、刘进华、刘锦霞、朱慧娟、杨彩霞、杨茂忠、杜春玉、杜克勤、陆桂荣、邵东安、巫学梅、宋建玲、吴秀琴、张学礼、张凤珍、张新宏、张秀琴、张万青、张菊莲、周凤华、周光辉、赵立华、贺竹英、郭占海、黄梅芳、黄福元、黄真财、黄建祥、曹红吉、梁永国、屠梅芳、蒋学文、谢云、樊俊杰、滕学仁、滕学义、殷月珍。

附：杨宗仁老师给作者来信：

兴国：文章拜读，写得不错，且富有情感。想说的是：一是涉及我的部分，看了很不安。我们只是普通教师，普通的人，不过是尽责爱生而已，不必过高评价，全中国比我们做得好的人何止千万。二是开门办学只叙述事实，不做评价。那是特定历史环境下的权宜之计，无奈之举，国家的基础教育断断不能那样搞下去。但在那样的历史条件下，说它一点意义没有，全盘否定也不对。《临江仙》我已忘了，看了你发来的，我才确认是我即兴而作，但有些字词可能有误，将有关字句订正如下：绿柳鸣沙红枸杞，同窗二载深情，无亏家国人生，风歌雨啸望前行，相携登绝顶。今天是五月二日，还是要说一句：五一好！

2018 年 7 月 22 日于银川滨河新区

回乡那年

　　我的家乡宁夏中卫市中宁县位于卫宁平原东部，旁邻黄河两岸，南有千年七星渠，北有跃进渠，两条主干渠引黄河水灌溉，土地肥沃，自然条件得天独厚，因盛产枸杞被国务院命名为"中国枸杞之乡"——"天下黄河富宁夏，中宁枸杞甲天下"，享誉海内外。

　　1977年7月，我高中毕业回乡，正值"三夏大忙季节"——那是一年中最繁忙、最关键、最重要的时段，无论是领导干部还是社员群众都非常重视这个时段，攻坚克难全力以赴应对，所以又称之为"三夏战役"。何为"三夏"？"三夏"是夏收、夏种、夏管，也包括打碾入库。在我国北方宁夏地区，由于气候不同，农作物生产的种类与南方不同，在播种、收割等生产管理方面的时段节点与南方不同，"三夏"的概念与南方也不相同。

　　随着农业机械化程度的不断提高，现在农业生产在各个方面都与人民公社时期大不相同了，"三夏大忙季节"的概念已经完全被淡化，再谈"三夏大忙季节""三夏战役"就是在讲故事。

夏　收

　　20世纪70年代，我所在的中宁县原长滩公社李滩大队，是县委政府重点主抓的产粮基地，夏粮作物以小麦为主。夏收准备工作早在6月就已经开始了，主要就是用冰草或蒲子搓草绳（当地人称草葽子），另外就是准备好夏收用的各种农具。

夏收捆麦子的草葽子用量很大，必须早做准备。在我还没有毕业前的 6 月，就利用星期天去湖里割蒲子，或与其他社员一起到山里、渠沟边拔冰草（把冰草连根拔起），晒干后保管好，防止受潮发霉。每天晚上、午饭后和下雨天不能出工的时候，家家户户跟我家一样，全家人都坐在一起搓草绳（草葽子）。特别是下雨天不能下地干活时要搓上一整天，从六七十岁的老人，到七八岁的孩童没有闲的。爱唱歌的，手忙着，嘴里哼唱着花儿小曲，有的高声唱几段现代京剧或吼几嗓子秦腔，别有情趣。每根草葽子长一米五六，每捆 100 根，可挣 5 工分。搓草葽子只能光着手操作，不能戴手套，否则冰草或蒲子拧不紧，草绳就容易断，麦子捆不牢就容易散。

搓草葽子时间长了，手掌的肉都快要露出来了很难受。我们家每年要给队里交几千根草葽子。

进入 7 月夏收开始了，一部分社员开始收杂粮大麦、小杂粮蚕豆等，一部分社员铲场、轧场，整理打麦场，给麦场通电，维修调试好脱粒机、电风扇等农机设备，为"三夏战役"做好准备。到了 7 月 10 号前后，小麦大面积收割就开始了。那时的夏收用老人的话讲就是"龙口里夺食"——"麦头子掉在地里了""苦了一年就盼麦子黄"。麦收季节，一望无际的田野上，一片金黄，麦浪滚滚，黄河两岸麦香扑鼻，一派丰收的景象。人们挥舞着镰刀，你追我赶忙割麦，丰收的喜悦写在脸上，欢声笑语与黄河的涛声汇成一曲美妙动听的交响乐在杞乡大地演奏。

七月天像孩子的脸说变就变。1976 年、1977 年和 1978 年这 3 年夏天天气特别反常，雷阵雨频繁。刚才还是烈日当头，一会儿就乌云翻滚，电闪雷鸣，下起大雨或暴雨，人们苦了一年，盼了一年，眼看着成熟的庄稼，到口的粮食泡在雨里长芽发霉这样给他们造成损失。故而，社员们每天一大早五点多钟天不亮就下到麦地里，用镰刀割麦子。上半天割倒的麦子经过半天晾晒，午后就要抓紧捆好，车拉肩扛连夜运到场上，麦捆根向下，麦穗向上，一捆紧靠着一捆扎在场上继续晒，晒干后立即堆起来，摞好。如果天气不好就要连夜堆好，人们常常干到深夜。

那时候，从麦地到麦场还没有搞原田规划的耕地，路不畅通——东一块，西一块，南一片，北一方，在麦收时连人力车都行不通，而且这些麦地大都距离麦场比较远。要把这些地里的麦子运到麦场上，只能用人背或用插棍（把一根直而且比较坚硬的木棍，两头削尖）担。我17岁高中毕业回乡那年，上午割麦子，下午捆麦子，到了晚上要么用绳子捆两捆背，要么用插棍担，背与担各有利弊。背两捆甚至三捆麦子全身几乎被麦子包围得严严实实，只见麦堆移动不见人，走起路来迈不开步，不仅热得受不了，而且麦芒扎得人难受。而用插棍担，虽说压得肩膀疼，但脚下没阻碍，走路很快，麦芒也不扎人，担麦子体力差不行。插棍一头先插一捆，高高举起再插另一捆，肩膀担在中间要保持平衡，否则前高后低其结果可想而知。那时我们生产队有一辆手扶拖拉机、一辆大马车和几辆人力车，主要拉运大面积搞过原田规划、道路畅通的地里的麦子。把麦子运到场上，堆麦子是个技术活，可不是人人都会干，全队只有为数不多的几个四五十岁的种地能手干得好：他们把麦堆堆得像斗笠，底部大顶部尖，只见麦秆看不到麦穗，哪怕大雨下上几天几夜，麦穗根本不受潮，安然无恙，所以堆场也是很重要的一项工作。我跟着有经验的老农堆过好多次，但只是搭下手，我递给他，他来堆，我也注意观察学习。

在那个大集体的年代，实行计划经济，"以粮为纲"。我们中宁县虽然有"中国枸杞之乡"之称，但当年在我们长滩公社很少生产枸杞，我们生产队没有一块枸杞地。夏粮大面积生产小麦，同时还有少量的大麦和胡麻，另外在田边地头见缝插针，种上蚕豆和豌豆。

小麦有三种生产模式：第一种是单种一生麦子，收割后再复种秋粮作物，主要以糜子为主。有些地在麦收后什么也不种，而是反复犁，叫"晒茬子"，这是一种改造土壤，增加地力十分有效的办法，又叫"休耕法"。第二种是在麦地里套种秋粮作物，主要是大豆，被称为"两种两收"。麦收时豆苗长得比麦子还高，而且叶片大，枝干很软，与麦子缠绕在一起，在割麦子时要先把豆苗与麦子分开，叫"拨豆子"，否则一不小心就会把麦子与豆苗一起割掉。第三种生产模式是在麦地里套种玉米和粟子：在春季播种时，12 行播种机的播种宽度是 120 厘米，每播种一趟留开 40 厘米宽的距离再播种第二趟。地的四周田埂边也留下同样的宽度不下种。在小麦出土还没有灌头水前，在播种完小麦留下的行间种上玉米，在较宽的麦行里（小麦行间距播种机事先设计好的）种上粟子。夏收时只收割麦子，留下玉米和粟子（因为受到小麦影响粟子长不高）。这种套种模式叫"三种三收"。

夏收那样艰苦，那样劳累，但大家争着干，抢着干，是什么力量在驱使着社员群众？说实话，在那个季节有不少家庭已经断粮了，等着盼着小麦赶快上场，赶快分到粮，不再挨饿。如果眼看着到口的粮食因遭受自然灾害，受到损失有多心疼啊！

为了调动大家的积极性，让断粮的社员不饿肚子，干活有力气，规定全队男女老少都能一心一意抢黄田。那年麦收期间，我们队全队社员吃一锅饭，能干活的老人小孩都来吃。晚上加班，发一个半斤面的大馒头。我们生产队有豆腐坊，集体养猪，为了搞好夏收，让社员群众吃饱、吃好，队上杀了一头大肥猪，每天磨一副豆腐给大家享用。此举极大地调动了广大社员群众的积极性，男女老少齐参战。夏收我们队的生产进度走在了全公社的前面。

年轻的读者朋友可能有疑惑，为什么粮食主产区的社员群众此时会断粮无米下锅？上了年纪的人都知道，上一年（1976 年）夏秋低温，阴雨连绵一个多月，大秋农作物歉收、水稻绝产，社员群众都靠吃国家返销粮勉强填饱肚子。我家人口多，为了省粮我母亲几乎顿顿给我们做米和面：先在锅里下一碗小米或碎稻米，等米煮熟了再把面条下到锅里继续煮熟。另外就是散面黏饭：倒满一锅水，先下米煮成稀粥，再把黑面倒进锅里一边不停地搅一边煮，等米面都煮熟了，饭也就做好了。尽管我们长滩公社李滩大队是全县重点抓的产粮基地，但在这个季节有不少家庭断粮，等米下锅也就不奇怪了。所以大家都知道"黄田在地"意味着什么，该怎么做。是使命使然，是势力所迫，更是为了切身利益——多挣工分，多分粮。在三夏大忙季节，为了充分调动大家的积极性，白天干，晚上加班干可以挣两天的工分。在我们生产队有很多生产劳动都采用了分段包工制、绩效工分制。如割一亩麦子记多少工分，根据距离远近运几捆麦子到场上记一工分。有些活按一天或半天定任务劳动量，干完时间还早的可以休息，然后再分工接着干，多挣工分，家中有事的可以提前回家。这种"三夏大锅饭""小段包工制""绩效考核机制"极大地调动了社员群众的积极性。干得多，挣的工分多，分的粮食多，年终分红也多。1977年我高中毕业那年，我们李滩六队年终分红虽然一个劳动日只有四角多钱，也就是说一个壮劳力干一天只能挣一斤粮食，但这当年在全县全公社还算较高的水平，有很多生产队年终分红劳动日产值更低，有很多家庭是倒找户，不但分不到一分钱，而且还倒欠钱，只有个别家庭人口少，劳动力多才可以分到钱。

那年夏收临近结尾，我白天顶着烈日割了一天麦子，晚饭后往场上挑麦子，再摞麦子，12点我才回家，第二天一大早继续下地割麦子，中午坐在炕上吃饭。吃完一碗，我想下地舀饭，突然眼前发黑，从炕上栽了下来，一头撞在菜坛上，满脸是血。那天，我休息了一个下午，第二天额头缠着纱布继续夏收。

夏　种

说起"夏种"，那就是在"抢收"完小麦的地里，再"抢种"秋粮作物和蔬菜。这里的两个"抢"字，其内涵丰富：一是"黄田在地"，"天有不测风雨"，抢收抢种刻不容缓，谨防自然灾害；二是复种秋粮秋菜迫在眉睫，要不误农时，抓墒情、抢时间、争速度，自古就有"春争日，夏争时"的农谚古训；三是"民以食为天"，家中无粮，心里发慌，种下的是未来，收获的是希望；四是为了多挣工分，多劳多得。

作为农民还有什么比"抢收、抢种""抢黄田"更重要？

夏收和夏种这两大生产环节主要有以下几个重点生产步骤：麦收前灌水—割麦子—捆麦子—运麦子—堆场—捡拾麦子，夏收结束；施肥—犁地—耙地—耱地—下种—耱地，夏种结束。

21世纪以前，糜子可是我们北方黄土高原主要生产的农作物之一，尤其是在山区，以大面积生产糜子为主，糜子是主粮，黄米饭是主食。农谚说："夏至前18天后不种高山糜。"每年到了公历五月和六月初，只要能下几场好雨，各生产队都派人上山抢着犁种糜子。种山糜子，靠天吃饭，广种薄收，"种一葫芦打一瓢"。糜子尽管产量很低，但其生产成本也很低，如果遇上风调雨顺的年份，耕种面积大，收获也很可观。山里人遇上丰收年，种一年可以吃两三年。1976年夏秋阴雨连绵、气温偏低水稻绝产了，但在山里种的糜子虽然未获大丰收，但还有收获，全队家家都分到了一些，都有黄米垫肚子没有怎么挨饿，队里还把糜子作为统购粮卖给了国家。进入21世纪，由于国家实施了封山禁牧，退耕还林还草的战略决策，禁止在山上乱挖乱种，糜子耕种的面积减少。

在本地一生小麦收割后，全体社员，抢时间、争速度、抢抓墒情复种糜子。盛夏时节骄阳似火，气温很高，前一天收完的麦地，当天或第二天就要抓紧施肥、犁地、耙地、耱地、卜种、再耱地，这些生产程序要紧锣密鼓、环环相扣，决不能间断或少了哪一环，否则土壤水分蒸发，地干了犁不动，无法下种，或勉强下种出苗率不高，不能正常生长。复种的秋糜子，产量也很低，如果进入十月，早霜来得晚，复种的糜子可以成熟，亩产也就一二百斤，但如果早霜来得早产量会更低，甚至绝产。自20世纪80年代，农村实行联产承包责任制以后，由于糜子生产经济效益太低，在宁夏引黄灌区糜子生产的历史宣告结束，再想吃碗黄米饭已经很难了。

下面说说当年在复种糜子时是如何使用化肥的。在 20 世纪 70 年代末，种地开始用化肥碳酸氢铵做基肥，施肥的方法有两种：一是犁地前全田撒肥，二是种肥。撒肥很节省人力，但化肥在烈日暴晒下，肥效很快被蒸发完。种肥虽然减少了肥效挥发，但是碳铵铵气扑鼻呛人，使社员群众的身体健康受到很大伤害。具体的操作方法是：端一盆或提一篮碳铵肥料，跟在前一个扶犁人后面，用手抓一把碳铵均匀地撒在犁沟里，很快被后面的犁翻起的土压埋。

夏种的另外一个生产项目就是种秋菜。秋菜的生产模式有两种：一是队里集体种，二是家家都在自家的自留地里种些蔬菜，主要品种有山芋、黄萝卜、小白菜、韭葱、菠菜、香菜等，后来才引进生产大白菜和青萝卜的方法。那时家家都有几口腌菜的大菜缸或菜坛，到了秋末快要立冬时，各家各户都要腌一大缸酸菜、一大缸咸菜、一坛子咸韭菜，有些家里还要腌一些其他菜。每户人家都要在自家的院子里挖一个菜窖，储备过冬用菜。集体统一种秋菜，一部分卖了增加集体收入，大多数分给社员群众，这本来是一件对集体有利、对群众有利的大好事，但没种几年就停了。由于种菜费工费时，种一亩蔬菜要比种一亩粮食花的人工多得多。我们队本来就劳动力不够用，种菜对粮食生产有影响，再加上另外一些原因，所以被迫停止蔬菜生产。后来，队里干脆在夏收后每家分给一二分地自己种，而且想种什么菜都可以。这样做不仅解决了社员群众秋冬季的吃菜问题，而且大凡前一年分给社员种植了秋菜的地，第二年队里收回后，种的麦子都长得很好，其原因不难找到，也容易理解。因为在那时，集体农业生产所使用的肥料主要是农家肥，后来才有了化肥碳酸氢铵。而集体使用的农家肥是黄土搬家，劳民伤财。队里分到各家各户的秋菜地都施的是优质农家肥，而且肥效期长，后力足。再加上各家的菜地反复刨，既疏松了土壤，使之饱吸阳光和水分，改良了土壤，又除了草。上面的领导知道了也无话可说：既不批评也不表扬。我们队这种分田到户种秋菜的做法两全其美，对公对私都有利，受到社员群众的普遍称赞，被公社大队的领导默认了。虽然没有公开推广，但到了第二年有很多生产队都学习我们队的做法，把本来要晒茬子的一些休耕地分给社员种秋菜。

众所周知，种菜费工费时，俗话说"一亩园十亩田"，这里的"园"指的就是菜园。种菜不仅花工夫，而且对菜地的土质要求也比较高。在下种前要施足底肥，经过正常的犁、耙、糖工序后还要用铁耙再抓几遍，使土质既不干燥，也不潮湿。如果种青萝卜或大白菜还要垄沟，在隆起的沟顶上用铲子把菜籽种上，我们中宁土话叫"点菜"。下种点菜既不能深，也不能浅，这对出苗影响很大。每穴得多下几粒菜籽，以防出现空穴缺苗。下完菜种，后面的工序还有很多，大约过两周就要进行第一次除草、减苗，大约再过两周要用锄头或铲子刨菜疏松土壤、除草、蹲苗进行第二次减苗，使菜苗的行间距适当，既不稠密，也不稀疏。后面的劳动管理浇水、追肥、打农药等都要不误农时地正常进行。种菜虽然花工夫，但每家菜地也就一两分地，社员群众利用早晚、饭前饭后偷闲挤时间干，根本不影响集体生产劳动。

在那个年代农业机械化水平还很低，拉运物资、犁地等农业生产主要是靠人力和畜力配合完成的。犁地大多是用牲口拉犁，人在后面扶犁，听起来似乎很轻松，其实不然。一个人驾驭一匹马或一头骡子拉一张犁，人不仅要扶犁犁地，到地头还要提犁，从早到晚犁一天地要走几十里，也是很累的。有的生产队牲口不够用，只得用人拉犁。犁完地紧接着就要用两头骡子或两匹马拉一个大铁耙，把犁过的地耙几遍，把土壤的结块耙碎，使土质变松软，然后播种或撒种，再用柳条编的糖，将地刮磨平。

在我们队有几头骡子、几匹马和几头毛驴、几头牛，这些可都是队里的宝贝，人们平时精心饲养，每到大忙季节能起大作用。用牲口拉车、犁地等很多劳动，"老马识途"，它们不但人驾驭起来很轻松，而且活也干得好。比如用牲口拉麦子，一定要用那些训练有素的、会听吆喝的老驴老马，因为拉运麦子的车装得很高很宽，我们当地人称"悬头车"，如果稍有不慎就会翻车。犁地、耙地、耱地也是如此，使用乖牲口老驴、老马、老牛只需一人，不需要专人牵牲口，而不听话的牲口两人驾驭还很费劲。比如使用乖牲口耱地：站耱人或抓住牵引绳，或抓住马尾巴，或者扶住牛屁股，先将一块地整体横竖耱两遍，再观察这块地整体和局部是否平整。在一块地里常有这一处稍微高一点，那一处略微低凹一点。站耱人要眼力好，会观察，通过吆喝驱使牲口拉耱，按既定的线路走。当耱运行到高处时，站耱人要脚尖用力踩耱的前端，使其"吃土"也就是刮土，当耱运行到低凹处时脚尖抬高，脚后跟用力，并站在耱上面轻轻跳动，我们当地人称之为"跳耱"，用"跳耱"的办法把耱上面的土从耱的前端抖落下去，铺到低凹处。所以站耱耱地，不仅站耱人要有一定眼力，能驾驭牲口，会"跳耱"，而且牲口也要老实会听话。

我们队里有两匹刚成年的马驹子和一头骡驹子，还有一头驴驹子还没有完全驯服，不仅不听吆喝，而且性情很烈，还会看人下菜，欺软怕硬，不好驾驭使用。平时如果有儿童、妇女、老人或者性情温和的人靠近它，它就会两耳并立高竖，露出一副凶相。如果你要抓住它，给它套缰绳，套扎拥帮子，套套绳，有时它会屁股一撅踢你一蹄子。所以，在使用这些牲口时，你要马鞭高举，在不听吆喝时狠抽几鞭子，它就乖顺了。所以大多数情况下使用这几个牲口都得两人驾驭：犁地时一人扶犁，一人牵牲口，耱地时一人站耱，一人牵牲口。我们队还有一匹刚从内蒙古买回不久的枣红马，个高、身长、体壮，无论是驾车还是犁地都走得很快，总是一副威风凛凛的样子。如果你有急事想赶路或早点把地犁完，只需将手中的马鞭高高一举，这匹马就立刻加快速度，甚至小跑起来。这匹马不仅被我们生产队很看好，而且在全大队甚至全公社也是出了名的。在我上初中时的一年暑期里，我们全大队几个生产队的牲口都在河滩上吃草，有几个年龄比我大几岁的小伙，各自吹嘘自己队里的某匹马跑得有多快，于是有人提议搞一场赛马比赛：各队选一匹跑得最快的马参加比赛，起点从长滩公社红滩一队桥头，终点到鸣沙长鸣桥头，全程大约有十公里。比赛结果，我们队的枣红马不仅得了第一名，而且把其他队里的赛马甩了很远。

小时候在星期天和暑假期间，或下午放学后，队长都要叫我们这些男娃娃把牲口赶到河滩上或拉到田埂上、渠埂边放牧。看到别人放牲口时骑着那匹枣红马威风凛凛，我也想骑一下，可它先是扭屁股，并耳朵不让我骑，但我紧紧抓住缰绳，当马在沟边低头吃草时，我站在高处，趁其不备，猛地一下爬上马背，这下可坏了，这马受惊了，发威了，打了一个立站，把我摔了下来，我的大腿、屁股疼了好多天。从此以后我再也不敢骑这匹马了，甚至不敢使用。

打　场

夏收夏种还没有完全结束，夏粮打碾入库也就是打场上粮就已经开始了。

自古以来只要庄稼成熟了，我们当地人叫庄稼"黄了"，收回后如果数量少或场地有限，就用棰板（专门设计制作用来棰打粮食脱粒用的工具）或木棍反复"棰打"，叫"棰粮食"。在农家小院，在麦场的一角，常常可以看到上了年纪的老年人手里拿着棰板，棰小杂粮：蚕豆、豌豆、扁豆、绿豆，或捡拾来的麦子。如果量大就用石磙碾压脱粒：将空闲场地扫干净，把麦堆上的麦捆解散，麦穗头对头呈圆形铺开，然后用牲口拉一个石磙反复碾压麦穗，干透的麦子经过碾压后脱粒，之后用叉扬将麦柴抖到一边捆起来，再用扫帚把麦粒扫拢。打完一场再铺一场接着进行。这就是"打碾"一词的由来和实际操作，一直沿用到现在。

到了20世纪70年代，我们村尽管通了电，有了脱粒机，但对一些小杂粮仍然采用"打"和"碾"最原始的方法进行脱粒。生产队这么做主要是为了人和物尽其用，调动一切可以使用的力量为打碾服务，来提高小麦打碾、上粮入库的进度，尽早颗粒归仓。家庭这么做主要是偷闲，打碾自留地里生产的粮食。

经过紧张而繁忙的"夏收、夏种战役",粮食上场了,夏种结束了,"三夏战役"三场打了两场,还剩下最后一役:打场上粮。但无论是领导干部,还是社员群众,都不能,也不敢松气:

一是粮食上了场,并不等于粮食进了仓。还有紧张、艰苦、费时费力的打场工作没有做,公粮没有交,统购粮没有上。县里、公社、大队的干部驻村包队,三天一大会两天一小会,一级压一级。因为,我们长滩公社李滩大队是县里主抓的产粮基地,县委书记多次莅临我们大队检查督导,县长在我们大队蹲点包村,所以说,我们李滩大队把夏收、夏种、打场上粮这三个关键环节称作"三夏战役",当作三场战役来打,一点也不夸张。

二是避免发生火灾和自然灾害,使到口的粮食免遭损失。我们李滩四队是全大队人口最多、耕地最多的一个生产队。由于打场进度缓慢,秋粮、水稻、大豆等上场了,小麦还没有脱粒完。到了秋末初冬,看到四队场上一个个粮堆依旧堆在那里,没有打碾的粮食小麦水稻等都已经干枯。不知是何原因突然起火,场上浓烟滚滚,还未等场上干活的人和场外的人赶去灭火,大火就烧了起来。火势蔓延速度非常快,火场由一点变成一片,而且还刮起了大风,风借火势火助风威,没过多久,全场变成了一片火海。幸亏当时在场上干活的人不多,大家看到火势如此迅猛,都感到施救无望,便开始逃离,当最后几个人离开粮场不远时,大火在全场烧起来。李滩四队的粮场距离大队部不远,有人发现粮场起火立刻报警,很快四辆消防车呼啸赶来,明火扑灭后仍然有很多处在冒烟。等大火完全扑灭后社员群众从灰堆底部翻出了一些水稻,碾的米全都有一股煳焦味。从此以后,每年粮食一上场,队长和上级领导都以四队粮场起火的惨痛教训教育大家。

我们李滩四队麦场起火的原因至今没有结论。

夏收夏种生产刚一结束,打场全面展开。由于打场上粮,上面领导催得紧,队干部抓得紧,社员群众也赶得紧,人人都有紧迫感,全负荷运行。队上仅有的两台脱粒机两班倒,昼夜不停机,打场、扬场紧张有序地进行。

在大集体时期，我们长滩公社每个生产队都有几百亩耕地，用来堆粮食和打场用的场地有几亩地大。夏粮全部上场后，一个个像无檐斗笠似的，五六米高的麦堆，把全场堆得没有多大剩余空间。

我们队两台脱粒机同时开机，需要两组或四组人员操作。每组人员的分工、人数和工作流程：一到两人把麦堆上的麦子转运到脱粒机旁边——用一到两人把麦捆解开，高举递给站在脱粒机上面入机子的人，这个环节叫"递机子"，入机子的人接过递上来的麦子双手塞入脱粒机入料口这个环节叫"入机子"，麦秆从脱粒机前端口吐出后，得有三个人用叉扬抖麦秆，一个人抖送给另一个人到十米以外，这个环节叫"抖柴"，以防止麦粒窝藏在麦柴里，一人手拿一把木耙，把麦柴抓拢理顺，使之挤紧抱团，便于捆扎，这个环节叫"设柴"，一个人把设好的柴用草葽子捆起来，还有最后一个环节，就是把脱下的麦粒从脱粒机下扒出来，叫"扒籽子"。

到了 20 世纪 70 年代初期，我们宁夏川区虽然通了电，打场有了脱粒机，比传统的"打""碾"效率提高了很多，但其负面的安全隐患也随之而来。别的不谈，单就打场一项所出现的安全事故就足以让人提心吊胆不寒而栗。在那时人们的安全用电知识贫乏，安全生产意识不强，每年在粮场上的火灾事故、人身伤亡事故频繁发生。在使用脱粒机打场时，因入机子，手被卷入脱粒机，使用电风扇扬场被打断手指、打掉手，致伤致残的例子举不胜举。

下面我给大家说说扬场，这是打场所必须抓好的另一个主要环节。我们都知道不管什么粮食，也不管你用何种办法脱粒：梿板梿、石滚碾，还是使用脱粒机脱粒，下一道工序就是扬场。要说扬场的劳动程序，这要看所扬粮食的数量大小，参加的人员数量和所具备的场地条件以及所使用的工具。扬场的根本目的无非是把粮食与其他杂物分开。所以簸箕是我们老祖宗发明的最简单实用的工具，有风时可以缕（中宁方言），无风时可以簸，不受任何条件限制，在农村家家都有，但只能用来加工处理少量的粮食。

有句农谚"借风扬场"。"借风"二字有"机遇"和"无奈"两层含义。

以前常常是粮食脱粒后，受自然条件的约束，无风扬不出来，或有风不会扬。在我们生产队，以前会扬场的也就是一些男性中老年社员，这也是影响打场进度的重要原因之一。自从通了电，扬场不再受自然条件约束，技术要求也没有以前高，所以加快了扬场速度。

我生在农村，长在农村，像打场这样的农活在上初中时就经常干，主要是在暑假期间和星期天。那时我所能干的活也就是从堆上往下扔麦捆或抖柴或者扒粒子。等我再大几岁毕业后，打场的各种活都干过，也和大伙混在一起扬过场。扬场最少得两遍：

第一遍：吹走碎柴细芟子。在打场时把用叉扬抖过的较长麦秆收走了，留下的麦粒和细碎柴、麦芟、土坷垃、小石子等杂物混在一起。扬场就是要把麦粒与这些杂物分开，这话听起来简单做起来难，尤其是在没有电风扇以前，扬场完全靠自然风，几个中老年男性社员，手里拿着木锨扬一会儿，停一会儿，嘴里不停地吹着招风哨，从早到晚扬不了几亩地的麦子，除非遇上风天，再加上麦堆挡风，也很无奈。自打有了电风扇以后，几个人用木锨铲起要扬的粮食与杂物混合物，依据风扇的风力大小，站在合适位置，选择合适方向角度抛洒出去，麦粒与较重的杂物落下，其他比较轻的杂物随风吹走。

第二遍：根据自然风的风速、风力与风向选择安放风扇的位置，风扇与麦粒堆保持一定距离，用木锨铲起麦子，向预定目标方向抛洒出去。当麦粒落到麦子堆上时，有人手拿一把刚用过不久的八成新的扫帚，轻轻扫去麦粒堆上包了几层麦柴皮的余籽，这一环节步骤农民称其为"打余籽"。"打余籽"可是个技术活，我从来没干过。

这里还需要说明的一点是扬场用的工具为啥只用木锨而不用铁锨？

其实只要扬过场的人都很清楚，那时生产队的粮场都是土场。前面提到用来做粮场的地，开春种的都是大麦，因为大麦比小麦还早熟几天，所以夏收时先收割做场用的大麦，趁着土表层湿软，先用石磙反复碾压之后，再用铁锨铲掉表层的大麦根，过两天随着水分蒸发，表层会出现一些裂缝，这时用扫帚反复扫，这样一个看上去光滑平整的粮场建成了，当年夏粮储存打碾用过后，接着秋粮上场，第二年可以继续使用或再建新场。说到这里大家可能已经明白了扬场为什么只用木锨而不用铁锨了，这体现了劳动人民的智慧。

还有一点需要说明的是，但凡用作粮场的耕地都必须是表层比较平坦的黄土耕地，绝对不能用表层带有沙石的耕地作为粮场。我想不会有人问"为什么"。

扬场经过前两步"吹走碎柴细苿子""打余籽"，混在麦子里的杂物已经不多了。下一步就要铺摊到场上晒干，之后用粗细两层筛子筛去比麦粒大的和比麦粒小的杂物，剩下和麦子一般大的杂物，主要是碎土石渣，要除去这些杂物只有一个办法就是用碾子碾一遍，再过一遍风车，这样才算结束。但我们队只有一台碾米机和一个木制旧风车都不好用，只好把最后两道工序留到粮站上粮时再做，那里的设备齐全效率高。

上　粮

前文谈到，我们长滩公社李滩大队是县里主抓的产粮基地，县委书记多次莅临视察，县长亲自下来蹲点，从上到下都是为了一个共同的目标，那就是多打粮，多交粮。1976 年大家苦了一年，但水稻绝产，其他秋粮也严重减产，社员群众靠上面发放购买的返销粮度日，强撑着。1977 年夏粮丰收已成定局，秋粮丰收在望，所以广大社员群众个个心里美滋滋的，把丰收的喜悦写在脸上，再苦再累也心甘。在那一年，我们李滩大队各生产队都和往年一样，夏收之后，都要先把最好的麦子卖给国家。广大社员群众的革命思想境界很高，用当时一句流行的话说就是"一颗红心为国家，喜气洋洋交公粮"。我们大队那年给国家上交公粮、卖余粮的任务是一百万斤，这是大队干部的目标承诺，也是公社、县里下达的任务指标。这个任务可不轻啊！李滩大队上交爱国粮的队伍气势豪迈、浩浩荡荡。前面是长滩公社的解放牌大汽车开道，车头上打着巨大的横幅标语，架着高音喇叭，插着红旗，后面是全公社支援李滩大队上粮的好多辆大马力拖拉机，再后面是各生产队的手扶拖拉机、马拉车和人力车。上粮车队前面已进入鸣沙粮站卸车，后面的拖拉机、马车、人力车一个接一个，有几公里，一直拖延到黄营。歌声、笑声、马达声齐鸣，高奏"农业学大寨"的丰收乐章，场面十分壮观。我们李滩大队人均占有耕地面积全县最大，粮食单产、总产量全县最多，给国家交的公粮、卖的统购粮全县最多，肯定地说，社员群众吃的苦、受的累也一定是全县最多。为了充分调动社员群众的积极性，各尽所能，各负其责，攻坚克难，队长把三夏前期的分组分工进行了重组整合，主要以打场组和上粮组为重点，我被分到了上粮组。大家一定还记得之前到粮站上粮的劳动情景吧！我们长滩公社是在鸣沙粮库上粮。前面谈到，尽管我们队在扬场时工作做得很细，但最后两个环节没有做，那就是小麦没有最后过碾子，没有过风车。然而每次把要上粮的麦子拉到粮站以后，不但要补过碾子、补过风车，而且还要重新晒、筛、碾、吹，一次不行，再来一次，直到各项检验指标全部达标方可过关。盛夏伏天，粮库四面不通风，又没有一棵树，烈日烤得水泥地面发烫，是晒麦子的好天气，但人晒糊了。一次上一万斤左右的麦子，要一簸箕一簸箕端上端下，装进去，倒出来过很多遍手，豆大的汗珠不停地往下掉，汗水蜇得人睁不开眼，脖子上用来擦汗的毛巾都可以拧出水来。当小麦全部检验指标达标，验收合格后，最后就是过秤入库了。我们几个小伙子把验收合格的麦子最后一遍装入袋中，一袋一袋抬到秤上，称完后再一袋一袋背进粮库，沿着木爬梯非常吃力地攀登3米多高，把麦子倒在麦堆的顶部。这样的上粮劳动持续了近一个月，这就是我上粮的切身经历和感受。

2006年中央决定免除农业税的"春风"吹到农村的时候，"公粮"这一词就成了历史。农民不再交公粮了，几千年实施的农业税从此告别了历史的舞台。随后，农民不仅不交公粮和农业税，国家还出台各种优惠政策给种粮农民实行直补，喜交爱国粮已成为历史。

夏　管

"夏管"顾名思义是指夏季的田间管理。"夏管"时间跨度大、时令长，要管的生产环节很多，前面讲到的"夏收"——龙口里夺食；"夏种"——抢抓墒情；"打场"——颗粒归仓；"上粮"——喜交爱国粮都包含其中。在我国南方和北方由于气候差异较大，同样的农产品生产时令节点不同，所以夏管的时间节点也不同。在我们宁夏中宁长滩地区，夏粮主要生产小麦，秋粮主要生产水稻，在夏粮小麦地里套种玉米、大豆和苏子等。这些农作物生产决定了我们夏管的任务和目标：夏管什么？怎样管？

夏令时节夏管忙。每年进入 5 月上中旬，刚一立夏我们长滩地区就开始栽稻子了，这是进入夏季后要打的第一场硬仗。5 月的早晨，稻田里的水冰冷刺骨，那时还没有插秧鞋，无论男女老少都得赤脚下田，插秧要持续长达近一个月，阴天下雨天人们照常进行。有很多中青年妇女来了例假之后仍然要赤脚下田，落下的病根痛苦一生。县上调动机关学校等一切可以动员的力量支援我们，作为农民大家都知道该怎么做。谁如果不来上工，队长骂得很难听，也有两句比较文明的骂词，一句是"轻伤不下火线"，另一句是"你生来是泥鳅却怕钻沙？"

说巧不算巧，我高中毕业回乡那年，我春耕大忙季节和插秧大忙季节都没有参加，用队长的话说："堂而皇之地躲过了。"因为，在那一年冬季民兵训练结束后的步枪实弹射击中，我的成绩优秀，被长滩公社武装部选中继续训练。当年在全国各行各业都搞"大比武"，我们中宁县石空公社还出了个全国杀猪砍肉冠军，在报纸上专门做了报道，名扬天下。长滩公社武装部根据全公社民兵实弹射击和投弹成绩，在全公社挑选了 9 个民兵，由李滩大队的复员军人、民兵营长刘生银带队进行了为期三个多月的射击、投弹训练。5 月底我参加了县武装部举行的武装基干民兵军事大比武，在 100 米无依托胸环靶步枪射击比赛项目中，我以 5 发 45 环的优异成绩名列全县第二名。我又要被县武装部选送到银川进行集训，参加"八一"建军节全区乃至全国的军事大比武步枪射击比赛，但是我拒绝了。因为那一年正是恢复高考、中考的第二年，也就是 1978 年 5 月底，大中专招生有消息了，报名马上开始，我要报名复习参加中考。上高中两年，鸣沙中学搞开门办学，但是我们文化课没上几节，室外、校外活动的时间比室内上课的时间长，1977 年参加考试别说复习就连课本复习资料都找不上。就在那年高考后不久出版了一套《青年自学丛书》，我买了一套，如获至宝，那套书编写得很好。我先是把整套书大致浏览了一遍，然后根据学习内容目录做了长计划短安排，制定了比较可行的学习计划，而且每天都有明确的学习任务和学习目标：晚上看书，做笔记，做习题，把概念、公式、定理、要点等写成卡片装在兜里，白天在劳动之余只要一有空就拿出来背诵记忆，甚至边干活边背诵。我重点抓基础，对基础知识、基本概念搞清弄懂，熟记概念、公式、定理，力求做到"温故而知新"，循环往复推进。由于我的语文底子还可以，看书理解能力较好，自学复习，扎实有效，稳扎稳打，每个章节后的练习题大部分都可以做出来。对于一些难度太大的练习题，我不会死钻硬啃，占用太多的时间。我的自学进步很大，收到了良好的效果，我更有信心了，每晚大都在十二点才上床就寝。公社和县武装部的领导怎么也没有想到，我会拒绝到银川参加射击训练，他们深表遗憾。全家人都看到我半年多来，那种点灯熬油、专心致志、刻苦学习的劲头，都很支持我不去银川在家复习，我也是自信满满。

我回乡那一年，也是我踏入社会的第一站，我努力做好生产队长给我安排的各项生产劳动，不懂就问，不会就学，不但知其然，还要知其所以然。特别是在刚刚结束的军训射击比赛中，我战胜了很多刚从部队当兵复员回乡的复员军人，据说有几个在当兵时还是射击尖子，在连队谁的枪打不准有问题，由他来校正调试。我用自己的努力证明了自己，我有了成功的体验。军训比武结束后，已经进入 6 月，水稻插秧大忙季节已经结束，开始薅稻子了。

由于我们长滩公社大面积生产水稻，所以薅稻子任务非常重，而且所用时间很长，从 5 月底插秧结束开始，到 7 月中下旬水稻出穗扬花后结束。薅稻子虽然没有夏收、夏种那样要抢抓农时，火急火燎，但如果松懈大意，就会发生草荒，轻则减产，重则只能收草。我们队地处中河沟两岸，每年都有新开垦的河滩地，这些地只能种水稻。种过河滩地的读者朋友都知道，此类地土质僵硬，栽稻子插秧很困难，用三根手指抓紧秧苗有时费很大劲都插不进去，得用木棍先把泥土插个洞，然后再把稻苗插进去。还未等稻苗换样成活，稻田里的三棱草、稗子草长得茂盛为王了。为了斩草除根，只能用手指使劲地往草根部插，这样才能将三棱草的草根核和稗子等杂草连根拔掉。如果只把草苗除掉，过不了几天，三棱、稗子等杂草毫不屈服，不仅赶上，甚至超过水稻的高度。由于是水田劳动，干活的人既不能蹲着，更不能坐下，只能弯着腰认真对付每一棵杂草。那时还没有化学除草剂，从早到晚都是屁股朝天头朝地，弯腰九十度，倒栽在地里，那滋味可真不好受啊！难怪那时外乡的姑娘不愿意嫁到长滩来，其原因就是长滩人太苦了。有句农谚说："稻薅九饿死狗。"我的理解是稻子多薅几遍，不仅仅是为了除草，不影响水稻生长，而且薅稻子用脚多踩几遍，可以疏松土壤，促进水稻生根，使其根系发达，更多地吸收养分，这样稻苗植株健壮，抗病虫害，结实籽粒饱满，优质高产。

到了 20 世纪 70 年代后期，也就是我回乡那年，夏管等其他一些时段的生产劳动，开始采用以家庭为单位，以在队里分粮的人头数为依据，用分段包工的办法，把稻田按一、二、三类分到每一户，进行除杂草管理。这样对于那些吃饭人多，干活人少的工人干部家庭和不安心在队里干活，在外游手好闲、打鱼戳鳖的脱产社员家庭，不管你是找亲戚还是请朋友，总得想方设法挤时间把分给你家的稻田杂草清除干净。到了稻穗出齐后，稻子不能再薅了，队里选出评委对全队的水稻除草情况进行量化评比考核，实行奖优罚劣。对杂草薅得干净达标家庭，一亩地该记多少工分就记多少工分；对薅得不干净的视其情况该扣几分就扣几分，如果水稻发生草荒了，看看该地是几等地，如果是一等、二等高产或中产地，不但不给记工分，还要视其减产情况不给分粮或少分粮。在我队实际管理操作中，没有发生因严重草荒而不给某一家分粮的情况，少计工分的情况倒是有几家。

我们家共有 11 口人，父母年迈多病，身体都不好，一个弟弟、一个妹妹年龄还小，大哥大嫂已有 3 个孩子，我们吃一锅饭。大哥给公社开汽车，二哥未婚，在大队开拖拉机，他们都连天昼夜跑车、犁地或搞运输，尽管也挣工分，但根本没时间下地干活，家里实际干农活的就只有我和大嫂两个人。自从我军训比武回来后，因为要复习参加中考，全家人再不让我下地干活了，我全身心投入到复习中迎中考。

说到这里，我这一生都十分敬重感激我的大嫂、大哥。由于我家人口多，薅稻子任务很重，一、二、三类地一共分了好几亩。周天弟弟妹妹下地和大嫂一起干，就连小侄子也下地，从地里往田埂上提拔掉的杂草。其他时间，从早到晚，大嫂一整天都泡在稻田里，有时中午饭都送到地头吃，这样连续一个多月，她没有一点怨言。在薅稻子的时候，还有其他秋粮作物的除草、灌水、施肥、打药等生产劳动必须同时进行。这些生产劳动不采用小段包工，大伙儿一起干，这时如果有人请假或旷工一天，队长下令倒扣一至三天的工分。那时的队长可是"土皇上"，谁也得罪不起，所以在那段时间只要是小段包工，我都待在家里复习，我的劳动任务在全家人的协助下大嫂一人扛了完成的。但集体劳动我都要参加。夏收夏种结束以后，水稻还要最后薅一遍，此时小麦地里套种的苏子被麦根和杂草包围了，得赶快薅出来。薅苏子队里也采用分段包工。

下面我给大家介绍一下当年咱们中宁县的苏子生产：苏子是一年生草本植物，有紫苏子和白苏子之分，咱们中宁生产的是灰白苏子，一般用于食用、榨油，而紫苏子除了食用、榨油主要是药用。紫苏子是有名的中草药，全身都可入药：苏叶、苏秆对解表散寒、消化道有很好的治疗作用，苏叶还可作为蔬菜，亦可作为调料使用。苏子籽粒比糜子大一点，比麻子小一点，皮很薄，果肉鲜嫩，用手指一捏都可以挤出油来，生熟都能吃，味道很好。在大集体时期，咱们中宁县在生产小麦的地里大面积套种玉米和苏子，也就是"三种三收"，有的只套种苏子一种作物，麦收后只剩下苏子。有很多家庭也在自留地里套种一生苏子。套种的苏子在主粮小麦出土后，灌头水前才下种，因受小麦的影响，在小麦收割时苏子一般只有两三寸高，割麦子时只要把麦茬留高一点就可以留下苏子，如果把苏子头割去了也没关系，每片叶子下都能长出一个枝条。但是，如果套种苏子的麦子太稠密且长得很高，在小麦灌浆后遇上风雨天气倒伏，套种的苏子就会被捂死。所以在麦收结束后薅苏子，稠密处减苗，空缺处补栽苗也是一项很紧迫的农活。苏子产量不高，亩产一百斤左右。在实行家庭联产承包责任制以后，咱们长滩的农民家庭大多都能单用苏子或再加些胡麻磨一副香油。到了 20 世纪 90 年代，苏子价格一度暴涨，一斤卖到十几元，是小麦和大米价格的好几倍。在乡下收苏子的小商贩前面的喊声刚息，后面的叫买声又传来。据说咱们中宁的特产苏子漂洋过海出国了。

我 1977 年 7 月高中毕业回乡参加生产劳动，1978 年 10 月被吴忠师范录取，当社员历史一年零三个月。我参加了 1977 年、1978 年两场"三夏战役"，这期间上山打过蒿子，收割过山糜子，在收割山糜子空闲期间猎杀过黄羊，冬季挖过高干渠，早春季到中卫高干渠黄河入口参加过清淤劳动，等等。农业生产的各个环节我都亲身经历了，绝大多数农活我都干过。当民兵我算得上是一个好民兵，复习迎考我榜上有名。对我来说，回乡那一年是难忘的一年，成功的一年，人生历练的一年，这一年对我这一生来说具有里程碑意义。

2020 年 12 月于银川滨河新区

"五好人生"追梦路

篇首语

2019 年底我退休。年逾花甲，作为一名老教师，一名中国民主促进会会员，回望四十年从教苦乐年华的心路历程，感想多多——在"五好人生"追梦路上从未懈怠。我记录以下文字，其一自我勉励慰藉，再者告慰亲人朋友，留给后人——

一个农家子弟的奋斗之路，

一名乡村教师的成长经历。

一位热血男儿的责任担当，

一段苦乐年华的深切感悟。

平凡的人生感想
教师的责任担当

写在《毕业生纪念册》上的赠言——

飞吧翱翔蓝天，

你三月归来，

带着春天的气息。

天真烂漫，

聪明中透着稚气。

我从心底发出，

爱的呼唤。

你常向我吐露，

心中的秘密。

我们早已心灵交融，

胜似天涯知己。

Time and tide wait for no man.

如流年似水，

三载学习生涯难记。

唯玫瑰簇簇，

松柏依稀。

我得道声：

Good—bye boys and girls.

再见，亲爱的同学们。

昨日，

我是船夫，

送你到达理想的彼岸。

明天，

愿你踩着我的肩膀，

努力登攀。

攀登，

任重而道远。

天高任鸟飞，

海阔凭鱼跃，

但愿常回家看看。

驾着你的奔驰，

载上丰收的喜报。

告慰母校，

慰藉老师，

只因桃李成林是我最大的心愿。

飞吧，飞吧，

飞向蓝天，

迎接新世纪的洗礼，

接受新生活的考验。

无悔人生

满天星，

汗流浃背赶恩中。

夜幕临，

精疲力竭入家门。

朝去暮归七十里，

顶风雨，冒严寒，渠坝路边险象生。

二十个春夏秋冬，

风雨兼程。

抱激情，

三尺讲台显身手。

耕耘理想，播种希望。

苦修炼，

敬业爱岗，严谨治学，孜孜不倦。

有道是：

春蚕到死丝方尽，

蜡炬成灰泪始干。

就近工作，

有一分热，

发一分光。

上面两首小诗是我 2000 年写在恩和中学《毕业生纪念册》上的赠言，和写给我县教育局领导关于我就近工作调动申请的文字，它们是我前 21 年教师生涯写照，也是二十世纪八九十年代我县广大偏远农村中小学教师的缩影和责任担当。

记忆是一张挂满风铃的卷帘，藏匿不了回味里一丝缱绻的痕迹。世界上唯一会随着时间的流逝而越变越美的好东西，只有回忆。

我们这一代人的心脏跳动、成长经历与时代发展的脉搏吻合，与时代前进的步伐合拍。我作为 名生在新社会，长在红旗下，伴随着时代前进步伐成长的农民子弟，一名乡村英语教师，一名民进会员，我奋斗追求的梦想，无一不留下时代的印记。

半路出道攻英语
学以致用育桃李

我出生于中华人民共和国成立十周年之际，中小学时代恰逢十年"文革"，高中毕业回乡，经历了火热生活，人生历练，恢复大中专考试的第二年，考入银南吴忠师范学校，那是我人生的新起点、加油站。两年师范学习生活紧张而又快乐，离不开老师的严格要求和辛勤付出。同学们有机会再回到校园，像久旱的禾苗遇春风雨露，如饥似渴地学习，学校、班级开展的各种教育活动，具有鲜明的师范教育特色。两年的师范生活，我们学到了知识，身体得到了锻炼，陶冶了情操，有了明确的人生目标——当一名合格的人民教师，做一个对社会有用的人。

1980 年 7 月毕业参加工作，我被分配到中宁县恩和曹桥完小任教，学校安排我担任四年级语文教学和班主任工作。经过一学期锻炼，学校又让我担任高年级语文教研组长。工作一年多后，也就是 1981 年 10 月，我积极报名，通过了笔试、口试，到中宁中学参加我县教育局举办的第二期中学英语教师强化培训班。

至今我还清楚地记得，在英语培训班开课的第一天，沃卫国老师给我们上第一节英语课：沃老师走上讲台，先用母语做了简短的开场白后一一点名，同学、师生相互认识。沃老师微笑着面向全班同学，用十分流利的英语组织教学。我第一次听老师当面说英语，既兴奋又好奇。当点到我的名字时，沃老师用英语说："Mao Xingguo, please stand up！"听到老师点到我的名，我起立向老师、同学点头致意，沃老师又用英语说："Sit down, please"，他见我没反应，又说了第二遍："Sit down, please"，但我仍然傻乎乎地站着。同桌和后面的同学按我的肩膀、拉我的衣襟才坐下，我的反应引来全班同学的目光和一些同学的笑声。

在英语学习班第一节课上我就出了洋相，我心里真不是个滋味。那天沃老师连上四节英语课，教英语课堂日常用语，我听不懂，也不会说，只初步学会了二十六个英文字母的发音和书写。

是知难而退，还是迎难而上？那晚我彻夜难眠。

退学，无异于当逃兵，既不甘心，也丢不起这个人。我的心对我说："迎难而上，只要肯登攀！"我暗下决心努力学会英语。

记得在吴忠师范上学时，和我住同宿舍的张存灵同学听英语广播讲座自学英语，每天早晨六点半，其他同学还在熟睡时，他就起床戴着耳机听英语广播讲座，晚上十点以后，下了晚自习，快要熄灯了，英语广播讲座又开始播讲了，他常常趴在被窝里，打着手电筒，或点着蜡烛坚持学习。就这样自学了两年。他的刻苦精神深深感动了我，在那时，我就萌生了学习英语的念头，有了继续深造的梦想。毕业后在曹桥小学工作时，我买了收音机，试听了一段时间，但由于以前从未学过英语，一点基础都没有，讲座已经到了中级阶段，比听天书还难。我想现在机会来了，绝不能放弃！

1977 年恢复高考，1980 年高考增加了英语考试科目，但不计入总分，教育部宣布从 1983 年开始，英语成为高考的必考科目，百分之百计入总分，英语之热在中国又燃烧了起来。而我县英语师资十分匮乏，仅有沃卫国、刘自明、张文龙、陆建勋等屈指可数的几位英语教育专业毕业的教师，另外就是把年近花甲教俄语的老教师推上讲台改教英语，以解燃眉之急。尽管如此，我县英语课也只能在高中毕业班开设，初级中学只有城镇中学部分班级开设。当年的城镇中学学生爆满，因此，解决英语教师短缺问题是事关我县教育事业兴衰成败的大问题。当年我县教育局局长祁生华、副局长杜通，不愧是广大人民群众想念称颂的人民教育家。我县教育局从 1980 年开始，在全区各市县率先举办了两期短期英语教师强化培训班（十个月），解决了我县英语教师严重短缺的大问题。我是第二期学员，参加培训的学员，都是经过自愿报名，学校、乡教委推荐，再通过笔试、口试录取的。参加笔试答卷，我凭运气

"瞎猫碰上了死耗子"，四十分的选择题得了八分，口试要求不高，主要看应试者有无听力障碍、口吃现象。我毕竟受过两年正规的师范教育，有一年多教学历练，还听过同学读英语，听过英语广播讲座，再加上个人的迫切请求，乡教委推荐，也就通过了。

我们英语培训班开设英语、汉语语法、体育三门课程。给我们两期培训班上英语课的老师都是中宁中学的沃卫国老师，他后来当了中宁中学校长。我们培训班的班主任是赵贵春老师。沃卫国老师毕业于北京外国语学院，有丰富的教学经验，对学员和蔼可亲，他不仅每天要给我们培训班上三四节英语课，还任中宁中学高三毕业班的英语课教师。他的敬业精神、师表风范影响着我们：他面向全体学员循循善诱，课堂上师生互动、学员互动、生动活泼，每节课都是大容量、快节奏、高效率地对我们进行英语教育培训。

我们那两期培训班使用的教材是北京外国语学院使用的精读《英语》课本，我们学完了上下两册。这两册课本所讲的英语语音、语法知识全面，课文内容所涉及的知识面广，信息量、词汇量大，目标要求起点高。沃老师在教学中，听说读写全面训练，不仅给我们传授英语语言知识、培养技能，还给我们上英语教学方法示范课。

老师教得认真，我们学得踏实。

每天一大早，晚上十点多钟的时候，在我们培训班的教室里，在操场上，在宿舍里，在校园的路灯下，都可以听到学员们朗朗的读书声，看到学员们背单词、背课文的身影。

我参加英语培训班的那年寒假，虽然仅有十天假期，但我每天都是手不离书本。

在20世纪80年代，每逢寒暑假，县教育局都要组织全县的英语教师进行大半个假期的业务培训，我们都毫无怨言，积极参加。

那两期英语培训班的学员，尽管只经过了短短八九个月的突击强化培训，但培训结束后，学员走向工作岗位，个个都是所在学校独当一面的英语教学骨干力量、全县英语师资主力军，撑起了我县英语教学的一片天。

我县教育局未雨绸缪，在全区各市县率先一步，抓英语师资培训，解决了英语教师短缺的问题，为二十世纪八九十年代中宁县教育事业的辉煌走了一步好棋。用后任教育局局长张树生的话说，"在 20 世纪 80 年代、90 年代初，我们中宁县的英语教师很少有受过英语本科教育的，靠的就是培训班的学员，但我县的英语教学质量和高考、中考录取率在全区名列前茅。"张树生局长的这番话，是对前任教育局班子的领导决策，对沃卫国老师、赵贵春老师的辛勤培育和对我们那两期学员的教育教学能力、敬业精神的肯定。

我们那两期培训班学员后来都陆续考入宁夏大学教育学院进修，或参加全国英语自学考试，取得英语教育专科或本科学历。赵军宁、邱小英、徐进等几名学员在宁夏教育学院进修取得专科学历回本校工作几年后，又到上海外国语学院进修本科。后来，赵军宁被上海师范大学附属中学聘用，后任校长，邱小英也应聘到上海任教，徐进回宁后，先是被银川一中聘任，后调入自治区教科所工作，赵生祥能力出众，担任吴忠高级中学校长多年。在全区举办的英语课堂教学比赛中，我们培训班学员张顺银、宋自茂分别荣获一、二等奖，康咸梅、张顺银脱颖而出，成为我县的名牌英语老师，后担任书记、校长，王一兵、冯伟元、郑红先是在鸣沙中学、石空中学和城镇中学任教，后调入中宁一中任教，多次受到区、市、县表彰奖励，成为我县、中卫市高级中学英语教学的骨干教师、名牌教师。

想当年，与我们一起在培训班同窗苦读的学员朋友，他们起早贪黑赶往所在学校，组织带领学生晨读，每天要上四五节课，大部分时间都泡在教室里，晚上回到家还要备课，给学生整理编写练习题、测试卷，用铁笔在垫着钢板的蜡纸上一笔一画，一个单词一个单词地把整理编写出的试题、试卷刻写出来，第二天到校后再一页一页推印出来，为上课、测试做好准备。因为当年学生和老师手中只有一本《英语》课本教科书，在乡村初级中学会英语的也只有英语老师自己。

现如今，当年为我县英语教育事业作出贡献的学员朋友都已经年逾花甲。回忆往事，我们感到欣慰，无愧于那个年代。大有"半路出道攻英语大显身手，学以致用育桃李功成名就"的自我慰藉的成就感。

朱中恩中勤耕耘
挥洒青春育新人

在 20 世纪，恩和乡是中宁县人口密度最大、数量最多的一个乡。全乡下辖七个村，共有一万多人口。东面以双阴洞沟为界与鸣沙黄营村相接，西面以吴桥泄洪沟为界与新堡刘庄村相连，北邻原长滩乡、东华乡，南依南山。原国道 G109（现为省道 S101）自东向西通过，七星渠自西向东流过。恩和乡当年有七所完小，两所初级中学即朱台中学（简称朱中）和恩和中学（简称恩中）。招生服务区：朱中招收东部曹桥、朱台和华寺三个村（小学）的学生，恩中招收西部沙滩、恩和、上庄和秦庄四个村（小学）的学生。这里还需要说明的是：20 世纪 70 年代初，为了减少占用耕地，恩和乡大部分学校都建在七星渠南面距离村庄较远的沙滩上，距离 S101 省道五到十千米不等。学生娃舍近求远，每天要绕过七星渠走很远的路。

我与高建华、龚立新两位老同学，在吴忠师范毕业后都被分配到恩和乡下属的小学任教，英语培训班结业后又回到了恩和朱台中学。我们仨，同学、同龄、志同道合，挑起了朱台中学英语教学的重担。

当年的朱台中学建在七星渠南二百多米远的南山台上，东南西三面沙丘环抱，只要一刮风或遇上沙尘天气，校园里飞沙走石，师生连门都不敢出，吃完饭碗底可见一碗底沙粒。用土坯建造的校舍，不时会有土坷垃（土块）掉下来，下雨天漏雨师生已经习以为常。学生用的课桌凳，桌面有裂缝，很不平整，老师的办公桌也好不到哪里去。偌大的操场上两个破旧的篮球架孤零零矗立在那里。教学设备短缺，语文老师上课，一本教科书和教案，一盒粉笔，数学老师外加一个三角板、一个量角器，理化老师的实验器材也是缺了这个少那个，我们英语老师没有一台教学用的录音机，后来教育局给我校配发了一台，但也只能供三人备课使用。校舍简陋，学校条件艰苦是当年朱台中学给人的第一印象。

然而在这样的办学条件下，朱台中学汇聚了一批百年教师，他们是恢复高考后，1979 年、1980 年和 1981 年从吴忠师范学校以及宁大、银川师专毕业的，他们意气风发，富有朝气。学校教风正，学风浓，领导管理有方，教师爱岗敬业，学生奋发向上，有其鲜明的特色，朱台中学教育教学成绩在全县名列前茅，是我县、吴忠市乃至全区的先进单位。

校长宋学新参加宁夏回族自治区先代会，捧回了自治区人民政府颁发的先进单位锦旗。宋学新校长调离之后张志业继任校长，朱台中学校风、教风依然，教学成绩稳步提高。卸任后虽然年事已高，但调入恩和中学后仍然老当益壮继续发挥余热，1994 年，他所任四个毕业班政治中考成绩各项指标，即优秀率、及格率、均分都是全县第一名。他退休后笔耕不辍，有多篇小说、散文多次在宁夏回族自治区和全国征文中获奖：《竹篮与塑料袋的对话》获"新视点"全国诗文书画大赛一等奖，《雪花》获"华夏情"全国诗文书画大赛三等奖，《恩和上庄五队脱贫记》2020 年获自治区老干部局、党工委征文大赛优秀奖，《草木情》荣获自治区老干部局党工委征文优秀奖。他的多篇小说、散文在杞乡《红枸杞》文学季刊和《恩和情》一书发表。他不忘初心，始终如一履行党员义务，受到自治区党委宣传部、自治区老干部局、自治区关心下一代工作委员会和自治区党委离退休干部工作委员会的表彰奖励，被评为宁夏回族自治区离退休干部优秀党员，他作为恩和镇离退休干部党支部书记时，该支部被评为全国离退休干部先进党支部，他应邀出席了全国离退休干部先进党支部和先进个人表彰大会，受到习近平主席接见并合影留念。

当年朱台中学人才济济。尹玉民、邱小英、张玉彪后来到上海应聘任教，张玉彪出版了长篇叙事诗著作《上海天语》。康国华升任自治区最高人民法院大法官。郭志成考入银川师专音乐系，毕业后回中宁任教，后调入原吴忠师范学校。杜全忠宁夏教育学院毕业后回原学校，后调入宁夏大学工学院，晋升为教授。王文惠教育学院毕业后走上领导岗位，升任县委常委、县教育局局长。郭永琪被提升为县教育局副局长。马玉华任县教研室主任。龚立新多次被评为先进工作者、优秀教师，荣获全县十佳青年教师荣誉。马鸿义、高建华在朱台中学任教研组长，后分别调入中宁四中和五中，他们多年任教研组长、年级组组长和工会主席。赵红和肖月玲也都分别成为中宁一中和二中的名牌教师，是市、县骨干教师。张岫峰、赵生金后调入县教育局，分别任县教育局工会主席和教育局主管人事的领导。当年其他在朱台中学和我们一起工作、学习、生活过的老同学、老同事，这里我就不一一介绍了。

20世纪80年代，朱台中学虽然条件艰苦，距离县城较远，但无论是老教师还是刚刚走上讲台的青年教师，从校长到教职员工都富有朝气，校风、教风、学风积极向上，出现了比、学、赶、帮、超的学习氛围。师生教学相长，学生进步很大，老师收获了成功。

另外还想说的是，当年朱台中学还有一个对外不公开的组织，名为"光委会"，即"光棍委员会"。"光委会"成员占全校老师的绝大多数。"光委会主席"是年近六十岁的温守忠老师，他慈祥和善，平易近人，童心不老，易沟通，能和年轻教师谈得来。我们这些青年教师与温老师亦师亦友，在生活、工作中有不顺心、不如意的难事都愿意与他交流，向他请教。他为青年教师牵线搭桥，介绍对象，是一位热心肠的前辈"老哥"。

我们三位英语老师，一人承担一个年级的英语教学任务，在上课、辅导、批改作业之余，就是相互听课、评课、研究教材，搞业务进修。那时，朱台中学的老师抓教学，搞业务进修蔚然成风，大家都是自发的、主动的，谁也不甘落后。

每天下午放学，学生离校后，老师吃过午饭，如果天气好，大家都到操场上打篮球，三人一组，五个一队打比赛，输球的一方下场，另一组上场接着进行。打完篮球后，各自回到宿舍开始业务进修学习或备课、批改作业。尽管当时校舍简陋，但我们每位教师都有一个宿舍兼办公室。除了家在学校周边的几位中老年教师外，大部分青年教师的家都距离学校比较远，我们以校为家，吃住在学校。当年是一周六天工作日，但星期天晚上绝大部分老师都回到学校。学校常常在星期天晚上开会或搞活动，老师很少有缺席的。

为了把英语教材吃透，驾驭教材，我与龚立新、高建华每天早早起床，手里拿着书向校外的南山跑步锻炼，跑累了，天亮了，我们开始返回，一边走，一边放声背诵课文。每当我们想起在英语培训班时，我们几个同学趴在窗外看刘自明老师给高三上英语课的情景：他不看书，凭记忆领学生读课文，而且领读得十分流利，不出差错，我们十分敬佩他——榜样的力量是无穷的。

自从我调入朱台中学工作后，一年三百六十五天很少在家里住。周六回到家帮母亲干点重要的家务活，吃过晚饭后常常不过夜又返回学校，寒暑假也是吃住在学校。复习报考宁夏大学教育学院继续深造的"大学梦"始终萦绕在我心。三年下来，我们不仅掌握吃透了初中英语教材，而且高中英语课本也过了几遍，还复习了高考文科的另外几门功课。

朱台中学是我英语教师生涯的第一站。1985年我所带的第一届学生毕业了，中考英语成绩位于全县前五名，成绩较好。现如今他们都已经年过50岁，遍布各个行业。当年我班的班长党万峰同学还兼任英语课代表，是我英语教学和班主任工作的好帮手，他大学毕业后德才兼备，能力出众，20世纪90年代就被提拔为康滩乡副乡长，但不幸因公殉职，英年早逝。我所带的另一个班英语课代表张进宏同学，是高级工程师、注册监理师，成为专家型人才。王成同学能力出众，走上了领导岗位，先后在家乡中宁、盐池、中卫市、银川市任邮政局局长。

我常收到当年在朱台中学所带的首届学生发来的感念慰问信，听到当年在朱台中学一起辛勤耕耘，苦修炼，坦诚相待，有梦、追梦、圆梦的老同学、老朋友、老同事的消息，我感到心灵慰藉，十分想念。

1985 年恩和乡下属的另一所初级中学也就是恩和中学，有两名英语教师同时考入宁夏大学教育学院，恩和中学的英语教师严重短缺，教育局把我调入恩和中学。学校安排我担任初三年级 3 个班的英语教学工作，并担任英语教研组组长，另外校长还给我压担子，做学校共青团、少先队、学生会辅导员工作。虽然工作量大，但无论是搞毕业班英语教学工作，做团队、学生会辅导员工作，还是组织教研活动，我都有轻车熟路的感觉。

在朱台中学，虽然我和龚立新、高建华都有报考宁夏大学教育学院进修英语的准备，但那几年宁夏教育学院英语专业报考名额卡得很死，中宁县每年只给一两个名额。由于报考英语专业无望，故此，1985 年年初我报考通过了教育学院举办的汉语言文学大专函授。在我们上英语培训班时，沃卫国老师强调说，要想学好外语必须首先学好母语，学好母语对学习外语有很大的帮助，反之外语学习会受制于母语，进步会很困难。我接受英语启蒙教育晚，要当好一名英语教师，今后的自学之路还很长。在努力搞好日常工作之余，我一边自学英语，一边参加汉语言文学大专函授学习。

1986 年 8 月，我参加了县教育局举办的中考研讨会，学校给我发了中考奖，并且安排我继续担任初三毕业班的英语教学工作。我已带出了两届毕业班，有四年英语教学的经验，而且整理编写并积累了一定量的英语教学复习练习题和初三中考模拟训练题，在此基础上，我深入研究教材和《英语教学大纲》，抓重点，强化难点，先对初一和初二已经学过的英语词汇、语法知识点进行系统梳理，查漏补缺，强化记忆，再循环往复推进，抓好最后阶段的综合复习、模拟应试冲刺训练。1987 年中考，恩和中学英语各项指标在全县综合排名中排前 4 名，三（3）班有六名同学考上中专，另有十几名同学被高中录取。就在那年，县教育局给我校分配一个报考宁夏教育学院英语系名额，我放弃已经坚持了两年多的汉语言文学大专函授学习，报考了宁夏教育学院英语系，又一次走进校园，接受了两年正规的英语教育大专进修训练。

学习——实践——再学习——再实践，在实践中学习，在学习中提高，発現自己，超越自我，这是我们这一代人共同的成长经历和基本相同的人生发展轨迹。经过两年英语教育专业正规系统培训进修学习，我的业务素质有了很大提高。1989 年我信心满满回到恩和中学，那时恩和中学英语师资力量已经有了很大改善：徐进老师从教育学院毕业回来后我出去进修学习，苏建丽老师吴忠师范学校毕业，是我县英语师资培训班的第一期学员，翟春晖老师是从宝鸡师范学院英语系招聘来的。徐进任英语教研组组长，不久被提拔为学校教导主任，他任两个毕业班的英语教学工作，另外三个毕业班的英语教学由我承担，并且担任班主任，不久我又接任了英语组组长。1990 年中考，恩中英语成绩闯入全县前三名，我带的三（3）班有十四名同学被高中录取，是恩和中学当年中考升学率最高的一个班。

1990—1991 学年和 1991—1992 学年，我连任初三毕业班的英语教学工作，并担任班主任。

中考复习进入最后冲刺的关键阶段，正当我信心满满抓英语教学、做好班主任工作时，1992 年 4 月 19 日厄运降临，我惨遭车祸，致颅脑严重损伤，深度昏迷，命悬一线，生死未卜。

落难时恩人帮扶
渡难关砥砺前行

1992 年 4 月 17 日即农历三月十五，正值阳春三月，春和景明，春暖花开的好时节。那天天气晴朗，风和日丽，是牛首山风景区过庙会的日子。中宁男女老少蜂拥前往，为数不多的几辆客运面包车严重超载，挤得满满的。S101 省道中宁段，农用三轮车、手扶拖拉机、四轮拖拉机也都挤满了人，一辆接一辆。还有的人骑自行车、骑摩托车前往，拜佛求神保佑平安，休闲踏青，观赏牛首山风景。

我经不住妻子和亲戚邻居的再三劝说，一家三口与同村的几个乡亲乘坐堂弟的三轮农用车前往牛首山旅游景区赶庙会,我凑热闹,也想圆了妻子为治好小女儿的病求神拜佛的心愿。

我们一路谈笑风生。

车刚过了鸣沙,行至距离红柳沟大桥不远处,我们所乘的那辆农用三轮车突然轮胎爆裂,方向失灵,还未等车上的十几个人反应过来,顷刻间车就从公路上冲下悬崖。

车上的人无一幸免,都被摔伤了,我伤得最严重,深度昏迷。我先被送到就近的鸣沙医院,医生看到伤情严重,拒绝接收,又紧急送到中宁县医院住院抢救一周不见好转,之后120救护车送往宁夏医科大学总医院抢救治疗。我的颅脑受损很严重,医生建议做开颅手术,但家人不敢签字,而采用了保守治疗,我的命是保住了,但留下了严重的脑外伤后综合征。我虽然经过了三十年康复锻炼治疗,但至今仍然患有肢体残疾,经常失眠,记忆力减退等后遗症。

庆幸妻子和怀里抱的小女儿只受了轻伤。

小女儿的病情外人有所不知:孩子虽然已经有大半岁了,但目光呆滞,身体瘦弱,看上去只有三月龄。先是在中宁县医院观察治疗一周,医生诊断患有大脑先天发育不良。

听到这个诊断结果,我像当头挨了一棒被打晕了。如果真像医生说的那样,小女儿的未来……我这个当父亲的不敢想,也难以接受。

我向学校请了假,带女儿前往宁夏医科大学总医院诊断治疗。经过专家的全面检查诊断,排除了"大脑先天发育不良",我心上压的一块石头才算落下了。

专家起初诊断为"甲减",即甲状腺功能减退。住院治疗近一个月,仍然没有一点好转,最后经过反复检查会诊,确诊为营养不良性、巨幼红细胞性贫血。

反思小女儿患此病的原因,我心里很明白:妻子忙于地里的农活等琐碎事，我一心扑在工作学习上，孩子整天睡在光线暗淡的屋子里，很少被抱一抱。加之妻子奶水少，孩子随着月龄增加吃不饱，喂奶粉她不吃，这才导致孩子营养不良，不能正常发育才患病的。

是我的愚蠢导致遭此横祸。

我出院时虽然脱离了生命危险，但仍处于半昏迷状态，又过了一个多月才有了意识和模糊的记忆。

由于颅脑受损，导致肢体功能、语言功能等障碍，站立不稳，身体失去平衡，行走十分困难，有睡眠障碍，头疼、头晕、四肢乏力，大小便失禁等严重症状。在药物治疗的同时，医生嘱咐我要加强功能锻炼。

起初我在自家的院子里锻炼，生产队的打麦场就在我家附近，场地大而且平整。妻子每天把我扶到麦场上，我在麦场上进行各种功能锻炼：先是在麦场上打滚，爬着走，跪着走，拄着拐杖站立行走。每天在打麦场上锻炼，我不仅可以扔掉拐杖摇摇晃晃，一瘸一拐地走路了，而且开始试骑自行车，先是推着自行车走，几天后，把车座放低跨上自行车，妻子在后扶着防止摔倒，第二次学骑自行车。

"能骑自行车了！"我的心情大有好转。

我每天在麦场上练习走路，骑自行车锻炼，在家听录音机，跟着广播大声读，先读短句，后读长句，加快语速，反复重复一句话，再读短文，读一会儿汉语再改读英语，背诵单词，锻炼恢复语言功能、记忆功能。我由于手指不灵活，做捡豆子康复锻炼。通过一系列功能康复锻炼，我的肢体功能等有了很大恢复改善。

我遭车祸后有很长一段时间情绪低落，波动性大，易喜、易悲、易激动。为了稳定情绪，提高自己的抑制力，我写下座右铭、格言、警句贴在墙上，内容不断更换。我每天早晨起床和晚上睡前必须要做的一件事就是"照镜子"——读几遍励志警示语。这样时时告诫自己，自我反思，战胜身心疾病，树立生活信心。

在此我要真诚地感谢我的主治大夫，中宁县医院脑外科主任医师王军大夫（后任中宁县医院院长），是他救了我的命。我遭车祸被送到中宁县医院急诊室，王大夫接收了我，全力救治我，亲自护送我到宁夏医科大学总医院，与那里的医生研究治疗方案，合力抢救我。在长期恢复治疗中，王大夫总是耐心细致地询问我，给我做心理疏导，指导我怎样做康复锻炼。我看到、体会到他高尚的医德和救死扶伤的精神。

我结婚成家后，离开生我养我的原长滩乡李滩村六队，回到祖辈老家新堡毛营村六队安家落户，兄弟姐妹都离我较远。我遭车祸那年，大女儿刚满五岁，小女儿不满周岁且生病无人照管。母亲年近七十，身体不好，受惊吓后以泪洗面，兄弟姊妹及所有亲人急得团团转，他们撂下手中的活，帮我看家照顾孩子，护送我从中宁到银川转院抢救治疗，背着我楼上楼下做检查，跑前跑后，心急如焚，昼夜守护在我的病床前，眼巴巴瞅着我。

我在中宁县医院住院抢救治疗期间，我所在的恩和中学领导、老师和我教的初三毕业年级3个班的学生，闻讯赶到医院看望我，走了一批又来一批，我的病房里排起了长队，礼品摆满了窗台。我校的江涛等几名老师每天往医院里跑，看望我，向师生转告我的病情。不但恩和中学全校师生都在关注我的病情发展，而且我的事迹在全县也传得沸沸扬扬。

我脱离生命危险出院后，在朱台中学、恩和中学教过的往届学生以及学生家长闻讯后来到家里看望慰问我。远在外地上学、工作的往届学生，春节期间回家过年，闻讯多次前来看望我。我们学校的领导、同事、学生和我的同学、朋友他们不是亲人胜似亲人。

我出院后，同事田兆铭老师几乎天天来我家看望我，鼓励我。校长黄发祥亲自带着学生给我家放树抬树（天牛成灾），我的初中老师，在朱台中学工作时的校长张志业带着学生给我家上房泥。在我要前往银川抢救治疗筹措资金时，学校新任校长刘新嘉给予全力支持。我的高中同学丁建国与秦新生、周发祥到我家看望慰问我。丁建国多次看望我，关心我的疾苦，帮助我调动工作，给我老婆找工作。老同学宋自茂，在我遭车祸后和我的兄弟姊妹绑在一起，出主意想办法，在经济上援助，在物质上支持。后来我家搬到县城租房居住，妻子以卖菜为生，宋自茂主动将靠近县城（蒋湾村）家里的房屋让给我们全家居住，不要一分钱房租。宋自茂对我来说是情同手足的老同学、老朋友，中宁县教师的楷模，后来在上班途中，他不幸遭遇车祸，英年早逝。在他病重住院时，我到医院看望陪住，到家里看望、鼓励、安慰，在他的追悼会上，我写了祭词，沉痛悼念我的这位好师兄，出殡那天，领导、老师、学生、家长以及乡邻有一千多人，怀着沉痛心情为这位德高望重，能力出众，深受学生、家长欢迎的好老师送行。我送到墓地，眼含热泪看着下葬，双手捧着泥土掩埋，让我的同学、朋友、恩人入土为安。

"做人常怀感恩之心""修身常存敬贤之道"是我的为人之道。人生旅途坎坷，是他们给了我生活的信心、勇气和力量。

20 世纪 90 年代，是我的人生低谷：

那十多年，我到宁大进修学习，女儿患病住院，是在姊妹们、亲戚、朋友的周济和我所在学校的帮扶下挺过来的，已经欠下了不少外债，我遭此大难全家生活更加拮据。家中两个女儿年幼，小女儿患病直到两岁半才姗姗学步，妻子是农民，全靠我那点微薄的工资，我债台高筑，举步维艰。就我那点可怜的工资，不仅要养家糊口还要还债。我遭车祸半年后学校开始每月扣除借给我的部分救命钱和早前小女儿住院向学校借的欠款，我每月拿到手的工资就更少了。然而，那几年教师工资不能按时足额发放，记得在普及九年义务教育达标验收那年，6 月份的工资到了下学期开学 9 月初还没有动静。恩和乡七所小学、两所中学二百多名教师近半年的工资都被乡财政所挪用。全乡教师要养家糊口，在 9 月 10 日教师节来临之际，教师制作好了横幅标语："给我们发工资，我们要吃饭！"并向县公安局申诉请求：教师节全乡教师举行游行申诉请愿。请求被批准了，恩和乡的领导这下才着急了，连夜想办法筹措资金。教师节那天，全乡教师刚一到校，就接到领工资的通知。正因如此，在那几年有很多教师离职、下海经商或做兼职。我遭车祸抢救治疗的医药费县卫生局一分也不给报销。那几年我县职工大病住院医疗费几乎是全自费，而且报销医疗费有明确规定"三不报"：车祸不报，打架斗殴不报，酗酒不报，我的处境可想而知。

我1992年4月遭车祸，年底12月初，天刚麻麻亮，妻子赶早做好了饭，给我装好馒头干粮熟食，把自行车推出门。母亲与妻子目送我骑上自行车赶往学校。我兜里装着教案、教科书，一瘸一拐地走到教学楼下，抓住楼梯扶手十分吃力地爬上教学楼，扶着墙壁走进教室，上了讲台。我家距离学校较远，有几次被大风刮倒，我压在自行车下爬不起来，遭路人嘲笑，摔倒在七星渠坝上，被学生扶起来。我早晨汗流浃背赶往学校，下午放学后必须开水就干粮，补充点能量才能回到家。遇上逆风天我常常走了一半路就筋疲力尽，五桥头或高桥头是站点，不得不停下坐在桥头上休息一会儿。那时我还患有慢性胃炎，肚子一饿胃就疼，全身冒冷汗，一点力气都没有。由于严重的体力透支，我上课时晕倒在讲台上，被校长和学生抬下来送到医院。落难后的那段艰辛岁月，历历在目，刻骨铭心。

天留我才必有用
严谨治学苦修炼

校园的歌声是我生命的回旋。我落难时刚过了而立之年，已有半年多时间在医院，在家里抢救治疗、锻炼恢复。昏迷中，仿佛整个世界都不存在；醒来后，我的世界一片漆黑。我闷闷不乐，郁郁寡欢，心情很糟糕：回忆过去，心潮澎湃；展望未来，前途黯淡绝望。我有一种强烈的生存危机感，常常彻夜难眠，脾气变得暴躁，波动性很大，爱钻牛角尖。事情是这样的：

我遭车祸身心俱残，精神世界发生了很大变化，仿佛到了另一个世界，一度陷入苦闷的深渊不能自拔。我明显感觉到别人看我的眼神与以前不一样了。在以前，熟人见了我都微笑点头示意；而现在，有的装作不认识，或用异样的目光看我。人们过去称呼我老师，现在改叫我"瘸子"。我寂寞无聊，想与村子里的人一起玩扑克牌、下棋，可没有几个人愿意和我一起玩，要么在玩的时候常遭到指责、嘲笑甚至辱骂，因为我的确反应太迟钝。在我能骑自行车以后，不愿意整天待在家里，喜欢骑自行车上街散心锻炼。

有一天我在街上骑自行车转弯时，后面来了一个小伙，自行车骑得飞快，看似是酒喝多了，冲上来把我撞了个人仰马翻，小伙也摔倒了。他爬起来，不但没有拉我一把，反而凶狠地踢了我一脚，挥拳打我，这时，旁边涌过来很多人，只见两个年轻小伙走上去打那个撞我的人，把我拉起来后二话没说走了。我十分感激地看着那两个小伙远去的背影，好面熟，但却一时想不起他们的名字，可以肯定他俩是我的学生。那天，如果没有这两个学生解围，后面的情况会怎样？我回到家看到妻子里里外外很辛苦，第一次下地淌水，结果守了半天，好不容易等到前面别人家的地一块一块都灌满了水，水从我家的田口流过，应该轮到我家的地灌水了，可是下一家地的主人蛮不讲理，不让我挖开进水口，水流不进我家的地里。我站在又窄又滑的田埂上与他争吵了起来，他推了我一把，我跌进了有一米多宽冰冷的水渠里，全身湿淋淋，变成了落汤鸡。我受人欺凌，无理可讲，忍气吞声，打掉了牙往肚里咽。我回到家妻子见我如此狼狈不堪，立马给我拿来干净衣服换上，我说了实情，妻子很气愤，口里喋喋不休地骂那个推我的人，进而又数落我，骂我没用。

"哇——哇！"小女儿的哭叫声把我惊醒了。

我转身抱起被摔得鼻青脸肿的孩子，心疼地哭了。

妻子在我那次车祸中身心遭受的打击、惊吓和承受的生活压力是可想而知的。

我变成了一个无用的废人，一个遭人欺凌、嫌弃，不受欢迎的人。

一段时间，大女儿出去玩，遭邻居家孩子欺负，哭着跑回家。生活就这么现实。

因为我植物神经紊乱，遇上高兴事和烦心事常常整夜失眠，容易情绪失控，所以经常服用谷维素和安定片。这两种药片颗粒颜色一样，在遭车祸前从来没有用过，每次服药都是妻子把药片给我，严格按照医嘱服用，而且把两种药分开存放，常换地方。

面对自己落难后的处境：出门被人瞧不起低人八分，受人欺负凌辱，忍气吞声；回到家老婆骂我没用，我也确实没用，成了家里的累赘，特别是对摔伤小女儿很不理智的冲动行为十分自责、后悔——我枉为人父！

我艰难度日，看不到人生希望，生不如死的绝望感油然而生。

几天前母亲带着大女儿回到长滩四弟家，那天妻子带着被摔伤的小女儿去医院做检查、治疗没有回来，赌气去了娘家，家里只剩下我一个人。我竟然把一包谷维素当成安眠药吞下，但那一夜我不但没有睡死，反而彻夜难眠，情绪很亢奋，翻江倒海：

父亲年轻时为反抗马鸿逵的黑暗统治和恶霸保长的欺压，拖家带口，背井离乡，不畏艰险，千里逃兵求生存，家破人亡……

父亲逃难后回老家探亲祭祖，身陷囹圄，绝处逢生……父辈与命运抗争，不屈不挠的情景画面，仿佛身临其境一幕幕闪现在我眼前。

父母亲含辛茹苦抚育我长大，供我上学，为我成家立业，吃尽了苦，操碎了心……

母亲年迈疾病缠身，提心吊胆，为我捏着一把汗，强装笑脸……

两个女儿年幼，小女儿身患重病谁来照管抚养……

学校领导、老师、朋友真诚的鼓励，学生一双双渴求知识的眼睛，期盼的目光……历历在目。

我身发抖，心发颤，无地自容。

我可耻懦弱！我枉为人子！枉为人父！枉为人夫！不配当老师！

我心里很明白，如果继续这样消沉下去将彻底变成一个废人，从此祸害了全家，毁了自己的一生。

我本校的田兆铭老师来看我时，我告诉他我能骑自行车了，想去学校的想法，他很支持我，陪我去学校，和我一起回家。真是患难见真情！

我落难后恩和中学英语教师少了一位，一个年级的英语课无人上，临时请了一位刚毕业的高中生代课，学校领导着急，家长、学生期盼我早日康复回到学校。

"天留我材必有用！"我引以为荣，有了精气神。

我遭遇车祸后，恩和中学的老校长黄发祥任四个班的物理课，积劳成疾患直肠癌去世，学校不到三年时间更换了四任校长。新任校长毛兴嘉是我同一个家族的兄弟好友，新任教导主任田兆铭在我落难后经常看我，关心帮助我，鼓励我，与我亲如兄弟。我没有请求好哥们的照顾，也不希望他人把自己当作残疾人对待，1993 至 1994 学年开学，我不顾自己身体残疾，我又满额工作量地接任了英语教学和英语教研组组长，做班主任工作。1995 年中考，我校张治业老师担任的政治学科成绩高居全县第一名，我所任的英语学科成绩进入全县前八名，排在政治学科之后，是我校第二位的较好成绩。在做班主任工作方面，我所带的班在我校同年级乃至全校都不差。在本校多次举行的各种文艺、体育活动中，无论是集体还是个人项目，我们班每次都拿奖。

"非学无以广知，无才不足寄命""不进则退""天留我材必有用"是我的励志座右铭。

由于骑自行车回家不仅很吃力，而且太危险，我一周回一两次家，吃住在学校，开始了人生苦修炼：做好人，讲好课，读好书，写好文，留好名。

我患有脑外伤后综合征，末梢神经受损，坐着凳子给学生上课，批改作业，在黑板上写粉笔字还可以，但用钢笔备课写教案就成了大问题，写字太慢，稍快一点连自己都不认识。因此，过写字关是我能否继续从教的当务之急。我每天除了上课、辅导、批改作业，大部分时间都花在备课、练习写字上。几年之后，在教师继续教育培训达标考核中，我的钢笔字、粉笔字、毛笔字以及普通话等都通过了，达到了良好合格等级。

随着普及九年义务教育、实施素质教育、新课程、新课标等一系列教育改革深入发展，对教师的素质提出了新的更高要求。进入 21 世纪，电脑的应用普及，教师要过计算机应用这一关。给学生编写练习题、出试卷不再用铁笔、圆珠笔刻、写，改用电脑完成，教师办公上课，很多都要在电脑上进行。学校、教育局多次组织教师学习培训，但我记忆力差，学了后面忘前面，打字也是问题。但我常用教育学生说的两句话，"慢鸟先飞同到林""勤能补拙"勉励自己。我不但积极参加学校、教育局组织的电脑培训学习，而且在晚上、周末到网吧、打印部花大力气，下苦功夫练习。妹妹看我学电脑不仅学得苦，而且花费大，买了一台自己单位里淘汰的旧电脑送给我，我如获至宝，只要一回到家就坐在电脑前，看书上讲的操作步骤，反复练习，交学费报计算机应用培训班。

2005 年 12 月，我在本校和全县教师中较早通过了全国专业技术人员计算机应用能力考试，即 Word 97、Windows 98、PowerPoint 97 和计算机网络应用基础。

2007 年教师职称评定，全县只分配了十七个中学高级教师职称指标，在我所在的东华中学参评教师中，我凭借绝对资历、能力、业绩优势晋升为中学高级教师。

我勇敢面对一次又一次人生挑战，超越自我。2001 年，我开始参加全国英语教育专业本科自学考试，白天在学校上班，努力搞好教学工作，晚上回到家里熬夜加班，苦攻英语本科自考科目，利用寒暑假在本县、去中卫听辅导老师讲课，多次前往吴忠参加考试。我通过了大部分课程，有几门功课是补考才通过的，但只剩下《英美文学》这一门课，尽管听的辅导课最多，下的功夫最大，但连续补考了几次还是没有通过。2005 年我又一次参加补考，但由于我这把年纪，英语词汇量有限，读英文版《英美文学》困难太大，用英语做英美文学作品分析试题，回答就英美文学名著提出的问题我越紧张写字越慢，最后还是没有通过，我认输了。

进入 20 世纪 90 年代中期，我已经有了十几年教育教学工作的历练，有成功的经验，也有失败的教训。翻开我自 1980 年参加工作后所订阅的各种教育教学杂志，自己写下的《班主任工作札记》和英语教学反思后记，开始对自己的教师生涯回忆、反思、总结。把自己很大一部分精力放在了教科研方面。

在那个年代，农村学校教育信息还很闭塞。我不仅细心研读自己多年订阅的《班主任》《中小学英语教学》杂志，还借阅校长、教导处订阅的其他教育教学杂志刊物。我常常跑到县教研室借阅与我教育教学教研相关的刊物杂志，密切关注教育发展的新动向，搞清新理念，读一线老师撰写的论文，学习他们教育教学的方法经验。结合自己多年的经验与思考，我选定教研专题题目，在自己的班务工作和英语教学中反复实践，思考总结，撰写体会和论文。

我全身心投入，如痴如醉。在我的办公桌上有这样一句励志语："苦学、深思、约言、笃行、热爱、忠贞、勤奋、无坚。"我的梦想是把自己从一名经验型的残疾"教书匠"，修炼成为一名学者型的合格的人民教师——做好人，讲好课，读好书，写好文。

严谨治学苦修炼，功夫不负有心人。我连续几年被所在学校评为优秀教师，在专业技术人员年终考核中被县委、县政府考核为优秀等级。

我的论文《遵循规律，寓德于教》在 1996 年全县文科论文评比中被评为中学英语二等奖。在 1998 年中宁县素质教育论文评选中，我撰写的《随风潜入夜，润物细无声——浅谈在英语教学中进行德育教育》，被评为一等奖。2000 年，我撰写的《适当集中打埋伏，反复循环滚雪球——谈谈学习张思中教学法的体会》和《用喜闻乐见的歌诀进行学法指导》两篇论文，经评审有一定实用与推广价值，入选出版社公开出版发行的《当代教育教学论文集锦》一书中。2001 年底，我的教育科研专题论文《班集体目标建设分层次管理再探》，被评为吴忠市教科研成果一等奖，该成果在宁夏第七届基础教育优秀科研成果评奖中被评为二等奖，我收到了宁夏回族自治区教育厅和宁夏教育学会联合颁发的获奖证书。2002 年和 2003 年，我撰写的《在英语教学中培养学生创新能力》和《初中学困生的形成原因及其教育对策探讨》两篇论文，分别在 2002 年和 2003 年吴忠市中小学教师优秀论文评奖活动中被评为二等奖。2003 年我撰写的另外两篇论文《在新课程中教师怎样导》和《让整堂英语课都动起来》，分别在《宁夏教育》和《宁夏教育科研》杂志上发表。

1999 年，我家搬到县城，妻子先是以卖菜为生，后做环卫工人，这样一来妻子能挣到钱了，我们全家生活有了改善，可是，我上班比以前更远了（借住在县城西北侧蒋湾村老同学家里），实在无法继续坚持下去。我给教育局领导递交了在本文开头那首关于我就近工作申请诗文：

满天星，汗流浃背赶恩中；

夜幕临，精疲力竭入家门……

这首小诗，是我二十余年的身心投入、情怀表白。

2002 年我调入县城附近的东华中学，从此我把赶路所消耗的体力和时间节省下来，心情愉悦地工作、学习、生活，我的健康大有好转。

随着城市化发展，学生择校进城，朱台中学、恩和中学已经先后撤并。然而我在朱台中学、恩和中学近二十年的努力，那种青春岁月令人难以忘怀。

不忘初心乐建言
关注民生鼓与呼

1994 年，我加入中国民主促进会。

我在新堡支部参加会务活动时，为了不影响会员正常工作，会务活动时间都选在周末或假期，大家立足岗位奉献，积极参加民进会务活动，谈天说地，反映社情民意、建言献策，为我县经济和社会发展鼓与呼。

每年春节期间我们都到新堡敬老院看望慰问残疾孤寡老人，给他们贴上春联。我们给身患大病的会员捐款献爱心，到偏远农村学校开展送教下乡活动。

每次支部活动总支领导都亲临指导，我深有感触。

我母亲去世，民进县委会领导和民进新堡支部会员闻讯，打车前往几十公里远的长滩李滩村吊唁母亲，慰问我与家人。

由于我精力体力严重透支，晕倒在讲台上，会员们闻讯后到我家看望慰问鼓励我。

1995年12月25日，民进中宁总支部各项工作条件成熟，民进宁夏区委会报请宁夏回族自治区党委统战部和民进中央批准，成立了中国民主促进会中宁县委员会（简称民进中宁县委会）。选举产生民进中宁县第一届委员会。

县委会成立后，会务活动更加丰富多彩：支教、扶贫、捐资助学、送教上山下乡、组织会员为汶川地震等灾区捐款、到敬老院献爱心、看望慰问孤寡老人和残疾人、举办会员趣味运动会。组织会员到革命圣地延安和六盘山长征纪念馆参观学习，利用假期选派会员到宁夏社会学院参加自治区党委统战部和民进宁夏区委会举办的统战理论知识培训学习等。

在各种会务活动中，会员们不仅陶冶了情操，加深了了解，增进了友谊，提高了凝聚力，而且增长了知识，加深了对多党合作和统战思想的认识理解。

会员们关注民生，关注人民群众反映强烈的热点难点问题，积极反映社情民意，为我县经济和社会发展建言献策。民进中宁县委会多次被民进宁夏区委会、自治区党委统战部和民进中央评为先进县委会。

20世纪90年代初，为了生态植被自然修复，国家和宁夏就已经出台了封山禁牧、退耕还林还草条例，但几年过去了，在我县南部山区依旧是"封而不严""禁而不止"。对此，我向民进县委会递交了《关于加强封山禁牧管理，制止犁种山糜子、抓发菜、挖甘草提案》。

种植苹果是我县主导产业。但20世纪90年代，在苹果盛花期，因晚霜冻害，苹果产量低，或丰产了卖不出去，价格偏低，果农投资大，效益差，大多亏损。为此，我给民进县委会递交了《关于向农民减免或缓交苹果特产税的提案》。

2001 年，在枸杞采摘高峰期阴雨连绵，枸杞脱水困难，摘下的枸杞烂在果栈里，没有摘下来的烂在树上，销量不好，价格偏低，枸杞生产严重亏损，杞农损失惨重。周塔、康滩是枸杞主要产区，它们和其他乡村一样，杞农纷纷挖掉枸杞树，一大块一大块枸杞树横躺在地里，"摇钱树"变成了"干柴"。枸杞之乡枸杞发展遭遇灭顶之灾，这是毁灭性打击。

毁树容易育树难，看了着实令人心痛。

我利用给妻子摘枸杞送水送饭的机会，深入周塔、康滩万亩枸杞园实地察看，与杞农交谈了解情况，又到周塔村实地调研，进入茨农家里坐下来，与主人算了一笔枸杞生产细账。

通过大量的走访调研和有关部门提供的数据，我给民进县委会递交了《关于我县枸杞发展现状、今年的生产效益和前景展望》调研报告。

2002 年我给民进县委会递交了《关于麦家台扬水引水综合开发可行性分析》调研报告。

进入 21 世纪，我县县城建设步伐加快，但县城环卫状况脏、乱、差的现象凸显出来：居民、店铺乱倒各种生活垃圾，拉沙石料的工程车严重超载，撒得满大街到处可见。环卫女工每天四五点钟起床，挥舞着扫帚一条街一条街清扫，一簸箕一簸箕把垃圾清理干净，再一锨一锨装入大卡车上拉走。环卫工人十分辛苦，大多是饿着肚子干活，他们的精神可嘉，后来红宝集团关爱环卫女工这个弱势群体，给她们提供免费早餐，在春节给她们送上慰问品。

人们称颂城市环卫女工是"城市的美容师"，这个名字响亮动听！

然而，《劳动法》和《劳动保障法》已经颁布实施几年了，这些环卫女工的生活还是没有保障。连续干环卫工作十几年、二十几年，她们长期没日没夜，风里来雨里去，拿着微薄的薪水。

故此，我连续几年给民进县委会递交了《关爱弱势群体，依法行政，给环卫工人交"五险"的提案》。

入会以来，我关注民生、关注我县经济和社会发展，写调研报告、提案建议，反映社情民意，为我县经济和社会发展鼓与呼。

年逾花甲话心语
自我慰藉留后人

我回顾六十多年人生旅途、坎坷经历：在顺境中，有对幸福生活和美好未来追求之梦想；在厄运突然降临身处逆境时，曾对生活失去信心，有过悲观失望、萎靡懦弱之瞬间片刻；更有那不甘平庸、战胜挫折、自强不息之坚定信念：做好人，讲好课，读好书，写好文，留好名。

我热爱生活，本性善良，珍爱生命，懂得感恩。感谢那些在我遭遇车祸后的生死紧要关头和在跌入人生低谷之时挽救了我，帮助鼓励了我的亲人、恩人、贵人，感谢那些与我一起学习工作过的同学、同事、在事业上的成功人士，他们永远是我尊敬和学习的人生榜样。

我也感恩那些在我人生道路上，在我工作、生活中遇到的为数不多的个别人，尤其是在我落难之际，心理和精神上最需要理解、安慰和支持之时，他们无视、观望甚至是嘲笑，把我因车祸造成的身体残疾，把我的秉性善良、宽厚待人看作是软弱可欺，他们幸灾乐祸、故意刁难、欺负凌辱我。我也遇到过自视清高、冷漠无情的个别领导，唯我自大，独断专行，用世俗的、不道德的有色眼光看待人，他们也从反面鞭策激励了我，促使我暗下决心不断深刻反思，刻苦努力学习，积极追求进步，我逐步磨炼了心志，增强了信心，使我变得更加坚强和自信。

在我长期执教生涯中，特别是在我因祸致残重上讲台后，我关爱学生，做耐心细致的思想教育：有学生在课堂上无视课堂纪律，故意捣乱，有意戏弄我，但我仍以平和之心对待，从不计较，晓之以理，动之以情，教育引导，用爱心感化他们，后来这些同学对我非常尊敬。在我处于困境或偶遇麻烦时常有学生主动站出来支持我、帮助我，我由衷地为他们感到高兴。

我秉性善良，常存仁爱之心，在过往的户外散步和上下班途中，遇到一些身处险境、自寻短见、危及生命的人和事：

我曾把已经服毒想自杀，口吐白沫，垂死挣扎之人送到医院，协助医生抢救，连夜骑着自行车，从鸣沙到几十公里之外的县医院、古城和新堡驻军医院求购紧缺解毒药解磷定，又深夜返回，使服毒者转危为安。

在恩和中学工作时，有一年冬天傍晚下班回家途中，我遇到一醉汉横躺在马路中间，小轿车、大卡车等各种车辆飞驰而过，刺耳的急刹车声接连不断，为了防止他被车辆碾压，我与同校的尹志敏老师站在马路中间迎着刺眼的汽车灯光，冒着巨大的生命危险，持续一个多小时拦车运人，无果。碰巧遇到了家住长滩李滩村我的王表弟，他开着农用三轮车，当时车上装满了小麦，他要连夜送到吴忠，经过我再三求情，将醉汉和他的自行车抬到车上，我们费了不小的周折将醉汉送到家里。

像此类事情如路人遭遇车祸后，肇事者逃逸，他在数九寒天横躺在马路上，还有大街上、楼道里无人问津的醉汉等，我已记不清帮忙打了多少个110、120求救报警电话了。

清代金缨的《格言联璧·持躬类》讲："心志要苦，意趣要乐。气度要宏，言动要谨。"我从先贤的训导和自己的人生历练中感悟体会到"苦学、深思、笃行、热爱、忠贞、无坚"十二字的人生真谛。

我不敢妄言"身残志坚"，比起那些像张海迪身残志不残的成功者，支宁老师冯志远、周行健这些前辈把青春热血奉献给了杞乡教育事业，我的遭遇挫折，仅仅是人生路上的毛毛雨，我的努力和付出也只是尽教师天职、求心安而已。不甘落魄颓废的上进心是父亲留下的宝贵精神遗产，我继承了。成功也好，失败也罢，我坦然面对。

我勇敢地直面惨淡人生，虽未能不惑，也已尝过了不少人生况味，生老病死的人生八苦，都已深深浅浅地尝到了一些滋味；在精神的炼狱里也光着脚丫子孓地独行过。尝遍拮据、无助、刁难、欺凌、失败、绝望、痛心疾首的虫噬味。但是我还愿意唱这千疮百孔的人生——苦中见乐，喝牵人回味的苦酒——苦乐年华，喝出来神采奕奕。咖啡苦，喝出来唇齿留香，心存乐观，才不会苦海无边。

我退休后取网名"风清云淡"——修一颗淡定从容之心；做一个风清云淡之人。"主为心，道为骨，儒为表，大度看世界；技在手，能在身，思在脑，从容过生活"是我一生追求的人生最高境界。

结束语

愿做家乡的一棵根不死、身不歪、枝不乱、花不暗、果不轻易落的枸杞树——

> 校园的歌声，
> 是我生命的回旋。
> 为得桃李香飘溢，
> 甘做辛勤育花人。
>
> 做人常怀感恩之心，
> 处事常以诚信为本。
> 修身常存敬贤之道，
> 从教崇尚职业道德。
>
> 我爱民进大家庭，
> 领导会员是朋友。
> 立足岗位多奉献，

参政议政勇担责。

社情民意挂心间，

杞乡发展谏言人，

向往"五好人生"。

——做好人，

——讲好课，

——读好书，

——写好文，

——留好名。

这就是我的思想动力源泉。

2021 年 2 月 28 日于银川滨河新区初稿

2022 年 7 月 20 日于中宁红宝家园修改

恩和中学和朱台中学的兴衰史

中宁县恩和镇历史悠久，早年叫四百户，后改名威武堡，又更名恩和堡，自古人杰地灵，民风淳朴，尊师重教，人才辈出，有着深厚的文化底蕴和红色基因。

民国时期，由乡绅们捐资创办的恩和小学，曾是"红色革命的摇篮"，在革命先驱张子华的引领感召下，恩和完小是宁夏最早的中共党支部所在地，培养并造就了一批革命先辈。现如今，恩和完小拥有全县唯一的"万有文库"，也是全区青少年"红色教育"的基地之一。

当年的恩中和朱中都建在七星渠南岸，两校直线距离也就七八千米，连接两校的交通道路大致呈 U 型。从恩中到朱中，你得向东——向北——向东——向南——向西——向南——向东，要过几次桥，走国道、县道、村道，到朱台中学还要走很长一段沙丘小路，连自行车都行不通，你得下自行车步行。有很多学生和老师的家与学校虽然说只隔了一条七星渠，可以听到学校上下课的铃声，但渠里有了水，师生就得绕来绕去走很远的路才能到学校。冬天自不必说。

当年恩和公社（乡）下辖两所初级中学，这在中宁县是独一无二的（二道渠后来也建了戴帽子初中）。东部的朱台中学前身叫岗渠学校（八年制在七星渠以北，距离 G109 很近），可在 20 世纪 70 年代初"农业学大寨"运动中，废弃了旧校舍，整体搬迁到了七星渠以南三四百米远的南山台上。

当年朱台中学的校园环境、办学条件、师生的精神面貌、教育教学成绩等在前文"朱中恩中勤耕耘,挥洒青春育新人"一节中做了介绍,读者有所了解。

恩和中学位于古镇四百户南街,也就是现在的恩和镇南街,北靠七星渠,距离S101约一千米,与恩和粮站近在咫尺。校园里外都种着一人不能双手合抱的钻杨树、老杨树、沙枣树和垂柳等,东西南三面长得很密,绿树成林成荫。钻杨树垂直挺拔,垂柳婀娜多姿。每到沙枣花开的季节浓香扑鼻,师生采几枝沙枣花插在水瓶里,摆放在教室的窗台上,老师的讲桌上、办公桌上,满屋花香,沁人心脾,师生心情愉悦。每当下雨放学后,有些上了年纪的老师,一手提着小竹篮,一手拿着专门用来采蘑菇的小铁铲,到恩和林场采蘑菇。当年环抱恩中的恩和万亩林场那可是在全区甚至全国有名的,上过报纸广播,把整所学校三面包围,北边的七星渠坝向东西延伸。出入恩和中学只有通过渠坝或者坝旁的马路。恩和中学所处的地理环境与其他在恩和乡的八所学校相比反差太大,恩和中学可谓世外桃源。

1958年恩和兴办农中,20世纪70年代前夕,"恩和农中"更名"恩和中学",先后由苏中升、韩继军、马治国任校长,曹凤莲为教育事业呕心沥血,在任教导主任期间,积劳成疾,英年早逝。1985年黄发祥任恩和中学校长时,县政府拨款建起了一座三层教学楼,这在全县农村初级中学独一无二,每层四个教学班,共十二个教室。后来又进行了改造扩建,恩和中学的校舍等硬件设施大为改观,面貌焕然一新。

从1958年恩和兴办农中算起直到2009年恩和中学停办,有半个世纪的办学历史。恩和中学在几代教师的不懈努力、辛勤培育下,为恩和乃至临近的新堡、东华、长滩等地区培养了一批又一批农家子弟,就如同恩和林场,恩和中学校内外的一棵棵小树苗茁壮成长。恩中学子学有所成,他们插上了腾飞的翅膀,用所学科学文化知识干事创业,发家致富,建设祖国,建设家乡。特别是20世纪80年代,老校长黄发祥在世时,他身先士卒,连任四个毕业班的物理课，住校的老师和周边的群众在深夜十一二点钟还常常听到老校长放声唱歌，以缓解身心压力，赶走瞌睡虫。

黄发祥校长的家与学校只有一渠之隔，他的儿子黄河清从恩和中学毕业后就读于中宁中学，后考入华北电力大学水利系，专攻黄河治沙，而后又考取了清华大学硕士研究生，最后远赴英国伦敦攻读博士学位，毕业后在澳大利亚工作，十多年前回国进入中国科学院工作。

恩和中学距离县城不远，在夹缝中生存。但在多年的中考中，恩和中学的学生都有挤进全县前十名，前五十名的，总体成绩处于中偏上。

由于恩和乡下属的两所初级中学即朱中和恩中位于东西两头，恩和中学的学生升高中划片几年西，几年东，朱台中学划归鸣沙片区招生始终没变。恢复高考后，鸣沙中学升学率一度很高，恩和中学的学生东奔——进入朱台中学上初中，毕业后挤入鸣沙中学上高中；进入 20 世纪 90 年代，鸣沙中学升学率下滑，朱中学生西颠——到恩中上初中，挤入中宁中学上高中，朱中生源大减。

随着城市发展步伐加快，学生择校就读，特别是进入 21 世纪，朱台中学和恩和中学都面临生源危机。朱台中学先于恩和中学撤并，恩中也于 2009 年撤并。

朱台中学和恩和中学的兴衰历史是画上句号，还是画上逗号？不可而知。但无论是在朱台中学还是在恩和中学的校园里，都有挥洒了青春热血的园丁们，他们无论是海外游子，还是在五湖四海，在杞乡干事创业的学子们，都会为朱台中学和恩和中学的历史画上一个感叹号！

2021 年 11 月 28 日于银川绿地香树花城

我的群主我的群

　　每个人都有两个自己：一个是真实的自己，一个是你希望成为的自己。在人生成长路上一定会有那么几个人和朋友影响着你，在你的求学时代、成年后的工作时期，或者退休后的生活，你都很欣赏他，敬佩他，甚至崇拜他，他是你的偶像，即真正意义上的人生榜样。以他为中心的这个圈子文化、人文素养、成员的所作所为，他们有契合的灵魂、一致的三观。虽然这个朋友圈有很多网友从未谋面，但你很快融入其中，而且心有灵犀——你希望成为的自己——能够发挥自己兴趣所长，带给你抚慰力量，鼓舞你前行。对我来说，"鸣沙好友群"就是这样的一个朋友圈，群主杨森林就是这样的一个人。

　　鸣沙好友群，有同学有朋友，有亲兄弟亲姊妹，甚至有父子有母女同在这个群里，上有八九十岁的老者，下有初出茅庐的青年，有世界著名科学家、教授、博导，也有初高中毕业生。无论是省部级、厅局级、县处级领导，还是一般普通群众，大家平等相待，称呼相同——校友、群友或学长学友。大家之所以能够聚在一个群里，我想主要是坦诚相待，文人相"亲"，以文会友，回味真情，乐在其中。这里我先说说此群创建者杨森林群主。

　　杨森林比我大三四岁，我很早以前就知道他，认识他，也很敬佩他，与他亦师亦友——我所知道的他或许其他人不一定知道，我与他之间的故事或许鲜为人知。我思考了很长时间，想写出来与大家分享——

　　我的老家在宁夏中宁县长滩李滩村，1975 年至 1977 年我在鸣沙中学上高中时，在鸣沙村七队我姨妈家吃住。杨森林与我姨妈、舅舅是一个生产队，杨森林当年是高中毕业回乡知识青年，我二舅是生产队保管员，我大姨兄哥是大队民兵营长，他俩分别比杨森林年龄大十来岁和五六岁。杨森林经常来我姨妈家和舅舅家。

杨森林长我一辈，是我的远方舅舅。我常听舅舅、舅妈、姨父、姨母和我那几个姨兄弟姊妹老是夸奖杨森林，说他自小就很懂事，学习刻苦，知书达礼，尊老爱幼，乐于助人，为人善良，尤其很会处理棘手问题，特别是我那几个与他一起长大的姨兄弟姊妹对杨森林十分佩服，赞赏有加。他们给我讲了杨森林的好多事，有一件我至今印象深刻：说是有一年生产队分口粮，身为保管员的二舅给杨森林家过错了秤记错了账，使他家少分了100多斤粮食，这在当年是件大事——100多斤粮食在当年就是一个农村人半年的口粮，他父母自然很着急，但保管员二舅怎么也记不清问题出在哪里，一时僵持不下。杨森林当时还在学校读书，他劝父母不要着急，更不能无端猜测我二舅动机。他自己出面请队长、会计、保管员等一同到家里，把家里分到的粮食全部重新过了秤，结果发现确实少了100多斤。二舅很不好意思，杨森林反倒安慰二舅说："过秤记账跟学生做数学题一样，加加减减，难免出错，抬头不见低头见的亲戚间谁会故意记错账呢？"二舅很感动，夸奖杨森林到底是读书人。其他人也都夸奖杨森林心眼好，处理问题有方法。

我在姨妈家居住时，常遇见杨森林骑着自行车，车架上捎着一个电工爬电线杆用的铁环鞋，谁家或哪个生产队集体用电有问题，他随叫随到，从不拖延马虎。后来他从大队抽调到了公社，他一边写材料，一边当了公社电工。我高中毕业时，他上了大学。

1981年底，我在中宁中学参加英语教师培训班学习时，在校园里遇见了杨森林，那时他大学毕业已经是中宁中学响当当的高中语文老师，他主动请我到他的宿舍兼办公室来玩。一天放学后，我来到他的宿舍，看到他埋头正在给高三学生批阅作文。他见到我来十分热情地给我让座，倒水，我看他正在忙工作与他聊了几句就要起身离开，他很真诚地说："你再坐一会儿，我把这几本作文改完咱们再聊。"

我顺手拿起几本他批阅后的学生作文本翻开仔细地阅读。要说那几本高三文科班的学生作文写得还可以：错别字不多，语句通顺，有条有理。但他精批细改，不但标注了错别字，而且对很多语句都做了润色修改，遣词造句表述更精练，更生动，读起来朗朗上口，各种批阅符号画了很多。经他批改后的作文评语恰当到位，有眉批，有段批，有全文评语，指出优缺点，提出努力的方向。这给我留下了深刻的印象——我也是刚刚离开小学讲台的语文老师，改学生作文是最头疼的，我批改学生作文的耐心劲儿比起他深感惭愧。

从那以后我多次到他的宿舍玩，喜欢看他批改后的学生作文，与他聊天，谈教学，谈作文，聊文学话题——大有"听君一席话，胜读十年书"的感受，又一次唤起了我边工作边总结边写作的梦想，我从此勤于动笔，我的多篇论文发表获奖，它们还荣获宁夏第七届基础教育优秀科研成果二等奖。

1982年，杨森林调离中宁中学到宁夏广播电视台当了记者，我经常在广播电视和报刊上看到他的报道文章。虽说我很少遇见他，但常从舅舅、舅妈、姨姊妹、表姊妹那里听到他的许多故事，说杨森林每年回老家给父亲上坟期间，总要去看望村上的亲戚和老人，遇到谁家有了解不开的难处，他会留下来分析开导。他本家一位80多岁的大哥常年患病，每年清明节前后，天天盼杨森林能回鸣沙来，说是有一肚子的话要对杨森林诉说。经杨森林开导后，80多岁的大哥情绪乐观，孩子们常常与父亲开玩笑说："爹见了小大大杨森林，就像见到了多大的太阳一样开心。"七队一位活了近100岁的老人原来是队上的老队长，杨森林清明节给父亲上坟后，多年前带着礼物去看望他，临走还悄悄给老人手里塞100元，安顿老人到街上想吃啥吃点啥，想买啥买点啥，就是不要对别人提起他给过钱。但杨森林前脚一走，老人后脚就拿着钱见人就夸："杨森林又给我钱啦！"姨兄有一年遇到了难处，看见杨森林回到老家就对他诉说"人活着没有意思"。他俩虽然辈分不同，但同村一起长大。

姨兄坦诚诉说他家庭和生活上很多不顺心的事。杨森林改变了行程计划，没有急于离开鸣沙，在自己哥哥家与我姨兄聊了整整一个通宵。天亮之后，姨兄紧锁的眉头解开了，他喜形于色地对人说："与老舅杨森林聊了一夜，我心上的疙瘩解开了，现在连看见的天色都亮堂了，吸到的空气也都清爽了。"

那时候，鸣沙的亲戚常对我说："鸣沙过去出了个胡县长，是个大善人，现在出了个杨森林，也是个大善人。"

岁月如梭，转眼近 40 年过去了。2018 年一个周天下午，我与同学丁建国在公园散步，我向他打听杨森林学长的情况，他向我推荐了"鸣沙好友群"里"杨森林文集公众号"的文章。回到家后，我在微信"公众号"一栏查找到了《杨森林文集》，一口气读到深夜，对他的发展情况有了了解。读完他的一篇篇美文，我被他的博学才华、勤奋笔耕、作品成就折服。过去敬佩他——我的人生榜样；现在崇拜他——我的人生偶像，我仰慕的学长。

没过几天，杨森林拉我进了鸣沙好友群，并且加了我的微信，从此，他的作品和群友的篇篇美文都是我的精神大餐，是我业余生活不可或缺的主要组成部分。我每天拂晓醒来和晚睡前或一有空闲就要打开"鸣沙好友群"，浏览群友的聊天对话，阅读杨森林师长最新推出的文章，受益匪浅。

"鸣沙好友群"从起初的几十人发展到现在已经超过 400 人，群友还在不断增加。群友起初是在鸣沙中学从教过的老师和鸣沙中学的往届学生，后来吸引汇聚了杞乡中宁以及宁夏各市县，来自五湖四海、世界各地的鸣沙故乡人关注"鸣沙好友群"，关注"杨森林文集公众号"——当您打开今日头条，再点"推荐"，您就会看到《杨森林文集》占有重要一席。这些美文佳作都是群友的原创作品，关注、阅读、推荐、点赞率很高。有很多作品推荐量高达 30 多万！

读了"杨森林文集公众号"里鸣沙好友一篇篇回忆母校学习生活的佳作美文，唤起了我的创作灵感和写作冲动，我也想把我们当年政文班的学习生活回忆成文。

　　我散步时又遇见当年的老班长丁建国同学，聊起了此话题，说出了我的想法，没想到他把此消息在微信群里公开，同学们纷纷点赞鼓励。说实话，我随口一句玩笑话，老班长把我推上了虎背，我骑虎难下，我对40多年前的高中学习生活回忆构思了很久才动笔。我先列出了提纲，而后找出当年政文班同学毕业合影、欢迎杨宗仁老师回宁合影和毕业30年、40年等多张同学聚会合影，多次仔细阅读自己在几年前写下的高中政文班同学毕业40年大型聚会倡议小诗，对那次聚会录像光盘（我因事去外地没有参加）反反复复听记、辨认。老班长丁建国在聚会开幕录像视频上所宣读的是我在深圳蓝天宾馆代表全班同学在凌晨十二点多写给杨宗仁老师的感念慰问信和杨宗仁老师发来的祝贺政文班同学毕业40年聚会的模糊不清的诗文。我白天回忆构思，晚上加班加点写作，初稿很快完成了。我连同提纲一起发给了杨森林学长审读，并且在我们政文班同学群里发出以征求同学们的意见和建议。

　　那几个周鸣沙中学77届政文班群里空前热闹，吸引了很多还没有入群的同学以及其家属、子女。点赞、鼓励天天都有，有很多同学提供了发生在40多年前高中生活的真实故事线索："开门办学——走出去请进来""课外活动""插秧""割稻子""园田规划劳动""建化肥厂""挖苹果园""陈麻井割麦子""上山拔蒿子""全班男生在劳动之余游黄河收鸭蛋无果，险遭全军覆没历险"等等十分丰富的学习生活回忆。

　　我对初稿做了反复修改，再一次发给杨森林审读再修改。我首次在政文班群和鸣沙好友群以"难忘鸣中政文班"为题发给我们当年政文班的班主任杨宗仁老师，他现在远在南京，已近80岁高龄，读后给予了笔误校正，肯定鼓励指导："只叙事实，不作评价，开门办学是权宜之计。"

　　我做了实事求是的修改，杨森林以"当年政文班"为题先在杨森林文集公众号推出，之后他又一次修改，再以"开门办学政文班"为题在今日头条发表，这篇文章还登上了头条推荐栏，受到很多网友的关注、点赞、转发、好评——这是我从没想到的。

2019 年底，我退休闲暇。年过花甲之时，在校友的鼓励和杨森林学长的指导下，我笔耕不辍，多篇回忆纪实散文等共有十多万字，九十多个内容，以《杨森林文集》和《风清云淡毛兴国》《风清云淡 MXG》在今日头条、百度上发表，引起广泛关注推荐、点赞、好评，粉丝量不断增加。

心微动奈何情已远，物也非，人也非，事事非，往日不可追。对我而言，世界上唯一会随着时间的流逝而越变越美的好东西是撰写这些回忆性的文章。我在写作过程中，打电话采访咨询与我的作品有关的第一手资料，不时与杨森林学长通电话，请教写作技巧，怎样开头结尾，怎样组织材料谋篇布局，杨森林总是耐心细致、毫无保留地向我传经送宝。常常电话通话时间超过一个小时。

在他的热心指导、鼓励下，我凝心聚力，痴迷写作，几乎是我退休后生活的全部。

同学好友们和杨森林给了我一个"作家"的名号，这对我是极大的鞭策——到了我这个年龄，写写回忆，把我及我们那个年龄段的真实生活经历如实写出来，把我知道的杨森林的故事及鸣沙好友群如实写出来，真是一件很欣慰的事。

我感谢我的群主杨森林学长，感谢我群里的每一位朋友，是你们让我的生活感到充实快乐，让我愉悦了身心，陶冶了情操，获取了知识，让我的退休生活充满阳光，让我开心度过每一天。

2022 年 1 月 20 日

细说严光星老师的"天眼"和"宇宙天线"

我前几天在鸣沙好友群里看到了中学语文特级教师秦瑞东发文《哥不只是传说——鸣中校友小聚记》（后附），深有感触。我也有幸参加了那次鸣沙中学校友小型聚会，我不仅与几位平时只在微信群里聊天，很少或从未谋面，令我敬佩仰慕的学长校友相遇，畅叙友情，目睹感受了他们的风采，而且还见到了我久仰崇拜的著名作家严光星。更让我没有想到的是严作家不但当众鼓励我，还赠送我题词墨宝，书曰"杞乡情怀"四个大字，在聚会高潮时，他应题秒思就我出书作诗一首鼓励我，真让我感动万分。在那次鸣沙校友聚会上，宁夏知名作家，资深媒体人，曾任出版社总编辑、社长和文化公司董事长，出版过多部专著，宁夏许多年轻作家和诗人的引路人和文学导师的杨森林老师，对严光星不吝赞美之词："严作家得枸杞之乡灵气，仿佛开了'天眼'，接通了'宇宙天线'，诗文神速，故才华如汩流水，源源不断。"杨森林老师酒后逗乐，夸赞作家严光星，所言虽然有点玄虚，但也不无根据——作家严光星思维敏捷，诗文神速，下笔如有神是出了名的，这些我们在场的耳闻目睹了，领教了。

下面我想接秦瑞东老师的话茬——《哥不只是传说》——细说作家严光星老师的"天眼"和"宇宙天线"。

那次校友聚会，在场的人无不对作家严光星的即兴表演感叹叫绝："严作家能歌能舞，作诗书法，吹拉弹唱，舞文弄墨，十八般武艺样样通，兴致处还来个折腰、芭蕾。"他已近古稀之年，自言年轻时不但能单手倒立，而且同时还能用另一只手挥毫泼墨写书法。他会跳蒙古舞、新疆舞等多种少数民族舞蹈，演奏多种乐器，咱们宁夏的回族舞蹈《花儿》自不必说，是他的拿手好戏。宴会上，你提一个话题，他指一件物品，严作家都是你话音刚落，他便接上话题，一秒应题出口成诗，一秒应题出口作词唱歌，一秒应题出口快板，据说还有一秒钟加法运算绝活。他的这些绝技已经达到了相当的境界，唏嘘喝彩掌声不断。朋友们口口相传："当年红遍大江南北的相声笑星张宝和来宁，宴会上两人你来我往，严作家显露'四个一秒'绝活，让观众大饱了眼耳之福。"严光星的上述功夫绝活被众人称奇，但他自己却不以为然，认为"只是些未上台面的闲情逸趣小技艺而已"。

其实众人有所不知，他在近古稀之年研究、开发悟学潜能，做挑战生命极限的尝试，一日创作《一棵枸杞树》诗集（108首）才是他的绝活。这些诗既借鉴了古体诗的意境与框架，又具有现代诗多元创新与强化画面的韵味，还彰显体量精小、节奏明快、通俗易懂、便于朗读的口语化特点，自然写来，有感而发，无拘无束，我行我素，不受任何空间和时间的局限，也不拘泥于某一种诗体，充分表达他个人的主观意识和枸杞的客观世界，是一种古体诗与自由诗相结合的白话式诗。同时，他为书画、摄影、剪纸、动漫等艺术创作提供原生态诗画素材。这些诗主要的是能让读者了解枸杞知识，宣传枸杞文化，弘扬枸杞精神，树立枸杞品牌，推动枸杞产业，提升枸杞效益，使他推广枸杞工程的美好愿望落到实处，真正使枸杞成为造福人类的"天下第一福寿果"。这些诗是以一棵枸杞树为聚焦点、散发点与延伸点，是源于生活、高于生活、创新生活的试验性杰作。

下面是他一日创作的百首诗集《一棵枸杞树》的前三首：

第一首"枸杞树"直奔主题：

> "扎根大地数千年，
>
> 顽强生长抗严寒。
>
> 开花结果蕴日月，
>
> 全身挂宝谢苍天。"

第二首"枸杞种"直抒胸臆：

> "深埋地下不出声，
>
> 破土蹿出便成形。
>
> 命硬气硬血气硬，
>
> 多次变革归易经。"

第三首"枸杞根"意境深远：

> "本草学名地骨皮，
>
> 龙须潜地从无语。
>
> 扎根故土不弃志，
>
> 开花结果造福气。"

严光星是国家一级专业作家、红枸杞文化奠基人，他被誉为"红航母"作家，他的创作内容涉及文学、历史学、艺术学、哲学、医学、武学、社会学、民族学等许多学科，有小说、散文、诗赋、随笔、评论、纪实文学、杂文、影视剧、小品、歌词等20多个艺术体裁。著有《红枸杞》《高原的旋风》《沙湖公主》《天禅》《天豹》《天虎》《石空大师》《西吉土豆》《张贤亮出卖荒凉的故事》《北京青年报的故事》《中阿经贸论坛》等20多部著作，800多万字的《光星文集》正在筹备出版中。在20多年中他不计任何报酬，培养和带动了一批学生，其中有一方知名的作家、书画家、编辑家、企业家、策划师、博士生等。多次为北京、四川、甘肃、宁夏等几十家企业进行创意与策划，助推文化产业。

我们现在所看到、听到的严光星是一个奇人、奇才，他做出了超乎想象的学问，但他成名前的人生经历却鲜为人知，同样带有传奇色彩。

他曾是一个写了十年废稿，泪流满面，心上像压着一块大石头，背着一麻袋退稿，步履蹒跚，走走停停，从银川西塔出版社向南门汽车站走去，不到两公里路走了两个多小时的文学青年，从一位文学青年奋斗到国家一级专业作家，他所经历的辛酸往事可歌可泣。

我与严光星同是杞乡中宁人，在20世纪70年代，他在水泥厂当工人提干时，他只上过一年初中。由于他工作踏实，学习勤奋刻苦，受到领导的肯定、群众的好评，不久他被提拔调入我的家乡原中宁县长滩公社担任公社团委书记，做青年团工作。我高中毕业回乡，当年叫回乡知识青年，在秋冬季农田建设会战中，在早春中卫高干渠黄河入口清淤的劳动工地上，我都目睹了严光星参加劳动的场景。按说，他作为公社团委书记，他的主要任务是做好宣传鼓动工作，也就是写广播稿或修改各大队表扬先进事迹的来稿，办公地点应该在指挥部。但我们常常在劳动工地看到他：要么甩开膀子挥汗如雨挖沟挖渠，要么和我们一样用背篓背稀泥，衣服湿漉漉，满身泥水。当年，长滩公社地广人稀，城镇居民青年初中高中毕业后都要下乡"接受贫下中农的再教育"。我们长滩公社每个生产队都有10个左右下乡知识青年和回乡知识青年。因此，组织引领做好知识青年的思想教育工作，活跃社员群众的文化生活是十分重要的。到了冬季农闲，他带领着下乡知识青年和回乡知识青年排练文艺节目，他既是编剧和导演又是演员。他被提拔为县团委领导、公社副书记后，依旧身先士卒，处处以身作则，冲在最前面。他以顽强的毅力、坚韧不拔的刻苦自学精神和与众不同的处世风格，在我们中宁县传为佳话。与他一起工作过的同事或知道他的人都口口相传他的传奇故事。

翻开他的人生档案，那透着贫穷和苦难的生命历程里，无处不散发着他智慧的灵光，折射出的是他一颗善良之心、仁爱之心和刚正不阿的个性。

他曾被人讽刺为"提不起的臭豆腐"。他半夜间对着孤灯滴血盟志："事业不成决不成家"，效法古人悬梁刺股，将一对蓝色护袖装上沙子绑在腿上练静坐功……

在他的阁楼里有一条3尺长的"上吊绳"，如有特殊情况完不成当天的写作任务，他便"上吊"反思，因此有人戏言"他是世界上第一个'上吊作家'"。

他的父亲也曾气疯了，下跪、大哭，乞求他早日成婚，免遭群咒……

他青年时期从不参加婚礼。我曾在《中国青年报》看到过一篇报道，题目是《请客送礼铁公鸡一毛不拔，扶危济困慷慨解囊》，文中报道赞扬的正是青年时期的严光星，在中宁县担任公社团委书记、县团委领导和公社党委副书记期间的所作所为——不畏权贵，不随大流，恪尽职守，扶危济困，奋发进取的高尚情操和远大抱负。

20世纪80年代中期，我担任学校团队辅导员工作，每次参加县团委组织的团队辅导员学习大会，严光星升任县团委领导我自然能见到他，会上听他讲话做报告，会后与他聊天。之后的三四十年，我很少见到他，听说严光星调到宁夏回族自治区团委，后来又听说他上了复旦大学作家班，成为国家一级专业作家。那次鸣沙校友聚会后的第三天，他打电话约我去他的办公室聊聊。我怀着无比激动难以言表的心情来到他的办公室，与他倾心交谈了两个多小时，在我要起身离开时，他又诚邀我再到他家里坐坐。盛情难却，我来到了我久仰崇拜的著名作家严光星家里。我被严作家的书山文海所震撼，他的家是一个带小院的三层别墅楼：一楼是客厅，二楼是卧室、书法创作室和健身房，三楼是书房兼器乐室，名曰"悟学阁"。我走进三楼"悟学阁"仿佛置身于一个偌大的图书馆和文化博览馆，虽然有点凌乱，但让你目不暇接——偌大个书房靠墙壁摆放着一人多高的大书柜，书柜一个紧挨一个，书柜里全都摆满了书，地上的书籍也是一摆紧挨一摆有一米多高，没有多大剩余空间。作家严光星家里的藏书有一万多本，这些书都是他几十年来自掏腰包购买的，看过的。在一张有几平方米的大桌子上，摆满了多种乐器，有六弦琴、凤凰琴、电子琴、竹板、架子鼓和二胡。书架上摆放着用废的上百支钢笔、铅笔、圆珠笔、毛笔等笔墨纸砚文房四宝。书柜上、墙上悬挂着他的书法作品。

当我十分惊诧感慨地翻看了几本半新不旧的书籍，抚摸乐器时，严老师走了过来坐下，拿起二胡演奏了一曲，之后又弹奏了六弦琴，敲响了架子鼓，用几种不同乐器演奏，又为我写了四幅字勉励我。我观赏了严老师娴熟潇洒的演奏和他的挥毫泼墨，听着美妙动听的乐曲，目睹了他的书山文海，我醉了，被他的才华折服，我才真正理解感悟了作家严光星何以"开天眼"，"宇宙天线"何来——他践行见证了先贤的教诲："读书破万卷，下笔如有神。"

严光星是一个被誉为"红航母"的高产作家，是特色作家和战略作家的组合体，是一个独特的文学现象和社会现象。宁夏回族自治区政策研究室原副厅级研究员金之纪提议创建"严光星现象研究会"，研究严光星是怎样成为"红航母"作家的。金之纪研究员认为最主要的还在于"光星精神""光星思维""光星文学"与"光星事业"的有机结合和勤知实践。金之纪认为"光星精神"是最大的闪光点，"光星思维"是他的鲜明特点，"光星文学"是他一生的核心成果，"光星事业"是他追求理想人生的结局。

严光星有一段精彩的悟语表述了他的心境："做人要有母亲河的胸怀和境界，永远保持宽阔浩荡，低于路面的最佳水层，这样才能后力更足、冲力更强，流得更远，努力实现滋润万物、造福苍生的崇高理想。"

2022 年 9 月 6 日于中宁红宝家园

附：秦瑞东著《哥不只是传说——鸣中校友小聚记》

壬寅年六月二十二日晚，我有幸参加校友小型聚会，席间见到了几位只在"鸣沙好友"微信群中聊过天却从来未曾谋面的校友，其中有乐于助人的天宝哥哥，有面对苦难痴心不改、身残志坚著书立说令人感动的毛兴国老师，还有在金融会计方面的大拿吴春芳，有大名鼎鼎的宁大化学系主任、博导教授李学强，有我童年下乡时二道渠大队的熟人，后又上南京大学，在宁夏广电赫赫有名，且精通《易经》懂风水写得一手好篆字的大师张立怀，还有热情大方做事周到的高玉琴小姐姐。当然，最最重要的是见到两位著名作家：一位是退途闻名的杨森林老师，另一位是国家一级作家，中宁人的骄傲，传说中的——严光星老师。

人常说正能量足的人自带光环，昨晚宴会让我真真实实感觉到了这点。

宴会前大家小声交流着几个各自关心的话题，其乐融融。

当严作家来后，如同本在安静的路上漫步，突然一转弯走进了热闹的市场，令人眼花缭乱，应接不暇。

杨兄比喻严作家如同过年放的炮仗，一点就炸，满眼金光灿烂，我倒觉得他是自燃自爆且能迸发出耀眼烟火的人。严作家的到来，瞬间沸腾了整个屋子，问候声、戏谑声、掌声连续不断，欢笑声如大河之浪花，一浪高过一浪。严作家能歌能舞，能诗能画，吹拉弹唱样样都会，舞文弄墨件件精通，十八般武艺让他全玩了个遍，快七十岁的人了，一次能饮一斤酒，且边饮边舞，兴致处还来个折腰、芭蕾。他作诗秒成，当年红遍大江南北的相声笑星张宝和来宁，据说，宴会上张宝他与严光星两人你来我往，各显身手。严作家展示了他的"四个一秒"绝活，让在场的十八人大饱了眼耳之福。

杨兄戏言严作家是开了"天眼"，有"宇宙天线"之人之说，诗文神速，才华如汩汩流水，源源不断。

为了验证他的作诗秒成，天宝哥哥让他说段励志快板，话音未落，严光星大师便接上了话茬。他以毛兴国老师出书为题，不假思索，张口即来，博得热烈掌声；我又指着面前的一盘碧绿的沙葱，让他以之为题作诗，没想到他也是张口即唱，虽没以沙葱为主题，但唱词中却提到了"沙葱"，是《诗经》"赋、比、兴"手法中典型的"兴"的手法，"先言他物，以引起所咏之词"。

他让我想到了流传千年、七步成诗的曹植和王安石《伤仲永》中记载的那个作诗"指物立就"的神童方仲永。在场的人你指一件物品，他提一个话题，严老师都是出口成章，在场的人无不为之惊叹，拍手叫好。

席间他给大家带来了几幅书法作品。第一幅是赠予毛兴国的"杞乡情怀"。我有幸也得一幅，书曰"登山观峰"四个大字，视野宏阔，乃做人追求之境界。

正在热闹之间，进来一个儒雅但又带几分英雄气概的人，此人元气满满，笑声朗朗，声如洪钟，正是早在微信群里聊过天却从未谋面的学长，宁夏大学博导教授李学强。

教授的到来，让宴会更加热闹了，猜拳行令，觥筹交错，教授不胜酒力，愿为大家献歌一首，众人皆说"好！好！"掌声响起。

教授深情地唱起了《父亲的草原，母亲的河》，严作家离席起身，翩翩起舞，他俩珠联璧合将宴会推向高潮，大家也都情不自禁地跟着哼唱起来，掌声不断。

歌舞后，严作家说他打一个贯就撤退，几个人很快败下阵，又遇到元气满满的李教授，两双手上下翻飞，喊声震天，看得人眼花缭乱，最后似乎打了个平手。

接着与立怀兄甩坨，作家说他能猜到对家的点子，别说，大部分还真让他猜对了，作家胜一筹。

接着轮到作家要和我猜拳甩坨，我哪里是他的对手，这点自知之明我还是有的，还是玩扎金花吧，这个快且凭运气，令人没想到的是，这最最没有技术含量的炸金花却让他连输三杯，严作家笑着对我说："赢了一桌子人，却输在你这里！"

哈哈，不服？这是天意，还是应了道家的那句话："无招胜有招，无为即有为"？

2022 年 7 月 27 日

恩师情同窗谊

前几天的一个下午，我40多年前的高中同班同学、老班长丁建国同学来我家看我，我们谈起当年高中的同窗学习生活。

我们谈兴正浓，这时我的手机铃响了，我一看恰好是当年我们上两年高中的班主任，也是给我们政文班带语文和政治两门主课的杨宗仁老师打过来的视频电话。真是心有灵犀！甭提我们有多高兴。

杨老师已经80岁高龄，他说最近身体不太好，刚从医院回来两天，此时正在楼下户外散步。我、丁建国和我的家人面对手机与杨老师视频十分激动。视频上看到杨老师虽然年事已高，刚出院，但满面红光，声音洪亮，这音容笑貌多么熟悉而又亲切啊！他关心地询问了我们当年政文班同学的情况和我与丁建国退休后的生活。他说在政文班微信群里看到了我写的多篇回忆录纪实散文，对我给予了肯定和鼓励。他又特别提到了赵立华同学，并询问赵立华的手机号码。我们视频聊天十几分钟。

40多年前的中学老师，80岁高龄，还如此挂念远在几千里之外的学生，这种师生情谊令我、丁建国和我的家人为之动容。就在杨老师给我打过视频电话刚过了两天，我在鸣沙中学77届政文班群和鸣沙好友群里看到赵立华同学写的感恩老师心语《分别四十年后的关爱——杨宗仁老师给我打了电话》，我有颇多感想：感恩老师——为赵立华老同学加油——我与赵立华同是落难人。

说起感恩老师我虽然做得不好，但道理我懂，而且深有感触。因为我就是一位从教40年，刚刚退休两年的教师。两年来，我回忆自己的人生经历，成长之路——有梦—追梦—圆梦，感恩生我、养育我的父母，感恩给我传道、授业、解惑的老师。我笔耕不辍，先后写了《开门办学政文班》《我的小学》《记周行健老师的支宁生活》《时代进程中的长滩中学》等拙文来回忆我的求学经历，感念从小学、初中、高中、师范到大学求学路上，给我们传道、授业、解惑的恩师。对杨宗仁老师的感念之情，我在前文《我的青春我的梦——回忆我的高中学习生活》一节中有较大篇幅的回忆。

对于赵立华老同学遭遇的挫折和人生感想，我深表同情，我也深深理解。我多次看望并采访了赵立华，掌握了有关他鲜为人知的故事。赵立华在鸣沙中学上高中时，曾经奋不顾身，跳进几米深、十几米宽的七星渠，勇救落水少女。在2007年前往甘肃武威打工时，他不慎从很高的楼板上摔下来，身上多处严重骨折，高位截瘫，先后在兰州、银川多家医院抢救治疗一年多，在轮椅上与病魔搏斗15年，与命运抗争。记得是在2020年，我们当年高中政文班的老班长丁建国在同学微信群里发了一张照片，让同学们辨认照片上的人是谁，照片发出几天了，无一人认出。照片上的这位看起来已经过了花甲之年，个头高，身体虚肿看似很胖，坐在轮椅上表情凝重，60多年风雨沧桑写在脸上，看上去很面熟，我想他一定是我们高中的某一位老同学，可就是想不起他的大名。我们高中政文班同学毕业分手虽然已有40多年了，但我们经常同学聚会，在政文班微信群里聊天，绝大多数同学我们都有联系，没有联系的同学除了已经过世的那几位，那剩下没有联系的同学还有谁？我打开自己撰写的《开门办学政文班》回忆录，对着同学名单苦思冥想。我在恩和中学从教十多年，过去经常从赵立华家的门前路过，经常见到他，可是自从我调离恩和中学后再也没见过他，几次大型同学聚会也未见到他的影子，对，照片上的这位就是赵立华老同学。可他怎么坐在轮椅上了？我很诧异。没过多久丁建国告知了实情。邓宏星、丁建国在微信群里发出倡议，我们十几个同学先后到赵立华同学家里，看望慰问了我们这位十多年没有音讯、落难后身不离轮椅的老同学。

赵立华同学接到杨宗仁老师打来的关爱电话激动万分，坐在轮椅上连夜写下《四十多年后的关爱——杨宗仁老师给我打电话》一文，虽说有笔误，但都是肺腑之言。赵立华在文中转述了杨老师对他的教诲："老师在电话里鼓励我：晴来舒畅，雨来欣赏，生活中有晴有雨，才叫风雨人生——人生有点困难，是人生经历的风风雨雨——每天，你在，我在，幸福就在！愿我们开心相伴，快乐相随。"杨老师短短几句教诲说透了人生，道出了人生真谛，不仅是讲给赵立华的，也是对我的教导。我反复品读，深刻体会老师教诲中所蕴含的人生哲理和现实意义。因为我也是几次从鬼门关闯过来的，30年路不平，有过与赵立华同样不堪回首的不幸人生经历。

赵立华本人和鸣沙好友群群主杨森林老师打来电话让我帮助修改赵立华写的《四十多年后的关爱》一文中的一些笔误，并谈谈我的人生感想感悟，我欣然接受。我感恩杨宗仁老师，以自我慰藉，与赵立华共勉并告慰读者朋友——命运之神常常会捉弄于人，或大或小，不分贫富贵贱，一旦遇上了就要勇敢地坦然面对。心存乐观，常怀感恩之心才不会苦海无边。

2021 年 5 月 25 日于中宁红宝家园

怀念周行健老师

1958 年 10 月在宁夏回族自治区成立的前一天，500 多名支援宁夏的知识分子乘火车、坐汽车几经周折终于从上海赶来，作为对宁夏回族自治区成立的献礼。这支队伍的人员组成可都不是一般寻常人，个个才高八斗学富五车，其中一位就是我要讲的主人公周行健老师。

周行健 1920 年出生于江苏省苏州市常熟县。1958 年，他从上海来到宁夏，支援宁夏教育事业，先被安排到中宁县白马小学当老师，几年后调入长滩公社李滩小学。

他关心爱护学生，从不打骂学生。他的字写得漂亮，画画得很像，唱歌跳舞样样都行，还听说他精通日语、懂俄语，在当时我们那个封闭的地方，还没有见过这么有本事的人。他长得很帅气，言谈举止文雅端庄——这是周行健老师留给我的第一印象。周行健老师平时在学校上课，寒暑假参加生产队劳动。李滩小学地处李滩三队和四队交界处。每到放寒假，其他老师、学生都待在家里过冬过年，而周行健老师被指令给生产队拾粪：寒冬腊月，在村间小道，在河滩上，在沟渠边，天刚麻麻亮就看见周行健老师背着背篓，手里拿着粪叉捡拾猪、牛、马、驴家畜牲口拉在地上的粪便。学校墙角处有一个用土坯砌成的粪池，就是专为周行健老师拾粪准备的。到了开春种地时，生产队来了一辆大马车，将周老师一个冬天拾下的粪装了满满一车拉走。暑假期间，周行健老师手拿一把大扫帚，每天一大早赶在李滩三队社员群众还没有上场打场前，把麦场扫干净。寒假拾粪、暑假扫场就是周行健老师的寒暑假生活。寒冬腊月乡亲们看到周行健老师太可怜了，都想叫他到家里喝口热水，吃口热饭，可周行健怕给乡亲们招惹麻烦，谁家都不去。过年了，有很多学生和家长到周老师的宿舍请他到家里吃饭，他从不去，乡亲们给他送点过年的好吃的，他也不敢收。周行健刚调到李滩小学，学校教学点不固定，搬来搬去，周行健也是居无定所，甚至连温饱、冷暖都无保障。在那个年代，一所偏僻的农村小学低年级教学点，一名老师包班，甚至包校是常有的事，根本没有炊事员等后勤服务。那时在教学点任教的老师都是本村的民办教师，吃住都在家里，像周行健这样学富五车，会说洋文，从上海南方大城市来的青年才俊，在李滩还是第一个。由于南方与北方气候差异很大，冬天我们都睡热炕，但他只能睡冷床。走进他的卧室兼办公室，我们常常见到有结冰的情况发生。由于生活不习惯，水土不服等原因，周老师常常生病，只能扛着，再加上周行健老师整天泡在教室里，一日三餐都得自己动手做，做饭的食材也仅有米、面、盐这三样，外加一点油泼辣子，在夏天还可以吃点菜，但是到了冬天菜就很少了。他在青少年时期好像没有学会做饭，我们北方人吃的面条他根本不会做，蒸馒头又没有厨具，他只有顿顿吃米饭。然而他做的米饭别说让外人吃，一看都饱了——他刚到李滩小学时，他所用的厨具就只有一个陶瓷大水缸，既用来喝水，又用来做饭。把米倒入缸内，加入水后放到炉子上煮，煮出来的粥还过得去，但要是米放多了，煮出来的米饭半生不熟，而且常常是煮一缸吃一天。后来被同事看到，再三劝导，他才买了锅碗瓢盆等厨具，勉强度日。周行健老师平时少言寡语，从不与人交流交往，他的活动空间就两处：不是在教室里，就是在宿舍里。他有妻子但无子女，很少回家探亲，他和妻子长期两地分居。听人说周老师的妻子是银行职员，身体不好，患有精神方面的疾病，而且也有历史问题。1974年冬天，天气特别寒冷，周行健老师的夫人疾病缠身，无子女，没有人照顾，在上海实在待不下去了，只身一人来到中宁找自己的丈夫，在李滩小学待了下来。一个寒冬早晨，师生有几次看到，周老师的夫人在凛冽的寒风中，在雪地里，穿着单薄的衣服，扶着教室墙壁战战兢兢缓慢地向前移动，口里不停地在说什么，喊什么，老师同学都听不懂。很快就有人喊来了周老师，周老师给她披裹上衣服，扶回了宿舍。周老师的夫人病情逐渐加重，过了两三个月后，周老师想把夫人送回上海去治疗，可是还没有到达上海，周老师的夫人病情恶化，死在了火车上。

到了秋收结束后，拖拉机要秋翻犁地了，只见周老师手里拿着一个茶缸，在地里捡拾别人剩下的豆子，拿到学校炒熟或煮熟了吃。他生怕下地早了，抢拾了掉下的粮食，影响了其他社员个人捡拾粮食，周行健噤若寒蝉到了令人不可思议的地步。

当年在李滩完小任校长的柳栋清说："周行健当个小学老师实在太屈才了。"无论给他安排什么课，他都很受学生欢迎和得到家长的好评。提起周行健老师，凡是他教过的学生没有一个不称赞他，没有一个不想念他：周老师多才多艺，学识渊博，对待学生和蔼可亲，关心爱护每一位学生，从不对学生大发脾气，体罚或变相体罚学生。他讲课循循善诱，耐心细致，寓教于乐，学生积极思考大胆发言，课堂气氛活跃。他不管是教算术、教语文还是教常识、美术、音乐或体育，学生都很喜欢上他的课。在学校里，不管是分内事，还是分外事，只要校长、老师说一声他都能认认真真干好：学校考试刻写试卷，或给哪个年级的学生刻写讲义，只要提供原始资料，打个招呼，周老师都能够及时完成。每当学校、大队、公社出黑板报、墙报、宣传报，只要有人指派他去做，他一定会干得很好。他的排版设计，图文并茂。一张小报，一块黑板，一面墙报，从标题到内容分别用不同的字体写出来，让人看后绝对想不到是出自一人之手。他的这些付出不收一分钱的报酬。他有一手修理钟表和手表的精工手艺，不管是本学校的老师还是学校周边的群众，只要把手表或钟表拿来找他，他都来者不拒，挤时间细心修好。最让柳栋清校长感到不安和歉意的是：周老师的家远在上海，无儿无女，寒暑假很少回去，住在学校里，很多年义务护校。20 世纪 70 年代学校通电了，全县很多学校在寒暑假电线被人掐断偷走，但李滩完小此类事从未发生过。柳校长说，学校有几个寒暑假期都给周老师发几块钱的护校补助费，可他一次都没有领过。后来李滩大队在林场给学校划了几亩地，其中就有照顾周老师的因素。每到夏秋收获季节，学校都要给周老师一些粮、油、菜，可他一次都没有接受过。八月末开学了，学校以护校补助的名义给周老师送去几斤米、几斤面、二斤油，可他还是不接受。周行健有抽烟的嗜好，大家见他只抽一角多钱的"绿叶牌"香烟，而且每抽完一支烟，烟头舍不得扔掉，要与下一支烟接上再抽（20 世纪 70 年代香烟没有过滤嘴）。1980 年初，周行健老师要退休了，学校为周老师光荣退休举行了隆重的欢送会，大队、公社来了领导，县政府领导专程前来告别、送行。周老师要退休的消息传出后，学校周边的乡亲们和步行十几里赶来的学生和学生家长，到校最后再见周老师一面，为他送行。

后　记

周行健老师在边陲宁夏工作生活了二十多年，退休离开他的第二故乡中宁县已经有四十多年了，按年龄推算他肯定已经离开了人世。且不论他童年、少年、青年的功过所为，单就说他在我的家乡二十多年的辛勤付出和处境——呕心沥血育桃李，噤若寒蝉度人生的岁月，怎不让人感恩怀念？

上文谈到，我家距离李滩小学教学点较远，低年级不在此就读，后来才转入。周行健老师只是临时给我代过几节课，我估计他不一定能叫出我的名字。我追忆周行健老师的素材，一部分是我的记忆，一部分是父老乡亲们的口口相传，另一部分是我在写作期间打电话采访了与周行健老师一起工作了多年的领导、同事和当年在李滩小学周老师教过的学生以及家在学校周边的乡亲们。对周老师的每一个线索素材，我都向多人打电话求证核实，有的打过四五个电话，而且一次通话时间少则半小时，多则一个多小时。他们是当年周行健老师在李滩小学工作时任校长的柳栋清，周老师的学生后跟我为同事的刘学文、徐全忠等，还有家住李滩小学附近，我的同学刘进华、张富贵、杜宁旭等。每当我在电话中提起当年周老师的往事，他们总有说不完的话。他们对我撰文怀念周行健表示赞同鼓励，在此我深表感谢。

愿周行健老师天堂永安！

杞乡人民忘不了您！！

2021 年 8 月 21 日于中宁红宝家园

记一次退休后的特别出行

——六盘山干部学院培训学习心得体会

　　作为一名退休老教师、民进会员，八月下旬，我有幸来到六盘山干部学院，参加此次中卫市民革、民进、九三学社组织的"矢志不渝跟党走、携手奋进新时代"主题教育培训班学习、再充电，机会难得，我心情愉悦，收获不少，感想多多。

　　下面谈谈参加此次培训学习的心得体会，向组织汇报，告慰会员朋友以共勉。

　　说实话，固原、西吉、彭阳我并不陌生，二三十年前就来过多次，最近的一次是5年前，但这次给我的印象感受与前几次大不相同，颠覆了我对家乡宁夏南部山区干旱少雨、被联合国某组织视为不适宜人类生存的认知。

　　以前，特别是30年前，从中宁到固原、平凉，沿途满眼黄土高坡，沟壑纵横，鲜见绿色，偶尔能看见几棵树。坐在汽车上，听着轰隆隆的马达声，像老牛爬坡，我昏昏欲睡，要走五六个小时才能到达目的地。

　　然而这次固原、西吉、彭阳之行，景色却大为不同，大巴车在高速公路上行驶，我没有一点睡意，自始至终两眼目视窗外，观赏沿途的风景，道路两旁的美丽景色自不必说，极目远望满眼绿色，郁郁葱葱，不觉已到了固原市。古城固原也换了新装，变成了美丽的森林城市。

　　我被十多年来，同心、西海固地区天翻地覆的巨大变化所震撼——"西部大开发""封山禁牧，退耕还林还草""脱贫攻坚"等党和国家的英明决策显奇效。习近平总书记"绿水青山就是金山银山""社会主义是干出来的"的教导在耳边回响。

　　学员们2022年8月22日上午9点10分从中宁出发，当天下午两点参加了开班式，8月26日下午结束，5天的学习日程满满。

　　简短的开班仪式结束后，培训学习讲座正式开始。在参加培训班期间我们听了"铸牢中华民族共同体意识"专题讲座。我加深理解了"中华民族是一个文化共同体"，我们中华民族之所以伟大，能屹立于世界民族之林几千年，其根本原因就在于，中华民族是一个文化共同体，辉煌灿烂的文化是我们中华民族之魂。铸牢中华民族共同体意识，是实现民族百年复兴大业的根本保证。

　　除了讲座外，教学培训由室内转向室外。会员们冒雨乘车来到了单家集革命旧址参观，聆听了革命先辈与当地回族群众"回汉兄弟亲如一家"的感人故事。之后，我们又前往将台堡红军长征会师纪念园，怀着崇敬的心情瞻仰缅怀革命先辈。革命先辈冲破千难万险，流血牺牲，发扬"不到长城非好汉"的革命精神，终于在将台堡胜利会师，胜利结束了二万五千里长征，坚定了走好新时代长征路的信念。

　　我们还乘车来到了人山河烈士陵园和乔家渠毛泽东长征宿营地瞻仰缅怀学习，革命先烈和伟大领袖毛主席"正气留千古，丹心照万年"的精神，深深印刻在我们的脑海中。下午我们马不停蹄，又乘车来到了彭阳县金鸡坪梯田公园调研参观学习。

　　在5天的培训学习和一路的旅途中，我深刻感受到中国共产党是值得信赖的党，更坚定了我们"矢志不渝跟党走，携手奋进新时代"的信念。真诚向民进中卫市委会、中宁县委会以及六盘山干部学院的教授和工作人员表示衷心感谢。

由于我的身体状况和年龄，我行动不便，自始至终受到领导和各位会员朋友的热情关照和体恤，再次真诚地道一声"谢谢！"

2022 年 8 月 26 日于六盘山干部学院

跋　愿做一棵枸杞树

　　我 2019 年底退休，本应该像同事、同学、朋友那样，每天有儿孙绕膝，过无拘束的生活，安度晚年。但身体状况极其糟糕。在不到三个月的时间里我在医院救治了三次，两次被送进 ICU 重症监护室抢救，家人已为我预备了后事。

　　我本就是在三十年前因车祸致残，患有脑外伤后综合征后遗症，肢体残疾，常常失眠，2014 年我又突发心肌梗死，两个冠状动脉一个梗死百分之九十，另一个梗死百分之九十六，晚上九点钟在中宁发病，夜间十二点半下了宁夏医科大学总医院的手术台，做了两个支架手术，又险些丧命。退休前我因多年在学校值夜班护校，因神经衰弱失眠，且患有前列腺增生肥大疾病，夜尿频繁起夜。每年冬天都有几次，我星期天晚上在学校值班，星期一住进了医院，我又患上了肺气肿、哮喘疾病。我由于值夜班频繁感冒，肺病反复发作，发展到慢性阻塞性肺疾病，肺积水、腹腔积水、肺心病。因为我常年患病，身体孱弱，所以才有了退休后不到三个月在医院救治了三次，两次被送进 ICU 重症监护室的情况发生。

　　出院后我躺在病床上浮想联翩，死对我来说已经感到不恐惧，因为我已经从鬼门关前走过几趟了，只有一个心愿未了：给后人留点什么？

　　六十年平凡人生，四十载教师职业生涯，且多灾多难！对我而言最宝贵的东西只有人生感悟——精神财富：

　　追忆前辈的苦难经历，父亲的传奇人生——厚德载物，风范永存，遗志永昭；感恩亲人、老师、恩人、贵人、朋友的深情厚谊，用这些鞭策自己；回望自己平凡的人生之路，"五好"追梦历程——做好人、讲好课、读好书、写好文、留好名，自我慰藉，留给后人。

出院后病情刚有了一点好转，我就吸着氧气敲击键盘，躺在床上在手机上用拼音输入文字，妻子几次夺走我的手机，或关掉电源。亲人朋友打电话、发短信再三劝告我要好好休息，别再写了，可我"痴心不改"，心愿未了。我尽可能处理好休息（安眠药催眠）、氧疗、锻炼（散步、按摩、做健身操、练气功八段锦和缩唇呼吸、腹式呼吸操等）、写作几个方面的时间安排，但很难把握一个度。我沙发椅子坐不住了，只好躺在床上，写到兴奋时根本停不下来，越写越感到思维敏捷，越写越来劲。起初我只想追忆前辈父母，把父亲坎坷的人生传奇经历写出来留给后人，但感觉自己的身体状况渐渐好转，冥冥之中感到父母前辈在为自己加油鼓劲。四五十年前父母的教诲故事和自己的亲身经历故事从脑海中蹦出来，情节画面清晰，遣词造句得心应手。再有众多网友的肯定好评，点赞鼓励激发了我，给了我莫大的精神动力。屁股坐不住了，出去散步，我打开手机反复听我的初稿语音朗读，不时停下在手机上修改。就这样有了从最初只想写一篇文章到现在想要出版一本书的想法。

我十分感激杨森林、严光星两位老师对我的教导鼓励和深情厚爱的付出，"洒向人间都是情""擦干血泪志圆梦""像家乡的一棵根不死、身不歪、枝不乱、花不暗、果不轻易落的枸杞树，不断地修复与完善，最终绘制出'苍天给我一块地，万绿丛中一串红'的美丽景致"。严光星为我题写书名'心语'。

在此我还要真诚地感谢张福贵、吕振宏、李海潮、陆岩几位朋友对初稿做了反复修改、笔误校正，提出了宝贵意见和建议，感谢秦瑞东老师在出书前对全部文稿做了润色。我的拙作最终能结集出版与读者见面，渗透了诸多老师、朋友的心血和期望。

2022 年 8 月 28 日于中宁红宝家园